O livro da serenidade

O livro da serenidade

Organização e apresentação
Catherine Rambert

Tradução
ROSEMARY COSTHEK ABÍLIO

Martins Fontes
São Paulo 2003

1ª edição
outubro de 2003

Tradução
ROSEMARY COSTHEK ABÍLIO

Acompanhamento editorial
Luzia Aparecida dos Santos
Revisões gráficas
Edna Gonçalves Luna
Sandra Lia Farah
Solange Martins
Dinarte Zorzanelli da Silva
Produção gráfica
Geraldo Alves
Paginação/Fotolitos
Studio 3 Desenvolvimento Editorial

Dados Internacionais de Catalogação na Publicação (CIP)
(Câmara Brasileira do Livro, SP, Brasil)

O Livro da serenidade / organização e apresentação (Catherine Rambert ; tradução Rosemary Costhek Abílio. – São Paulo : Martins Fontes, 2003.

Título original: Le livre de la serenité.
Bibliografia.
ISBN 85-336-1900-6

1. Felicidade 2. Paz de espírito 3. Tranqüilidade I. Rambert, Catherine, 1965-.

03-4588 CDD-158.1

Índices para catálogo sistemático:
1. Serenidade : Psicologia aplicada 158.1

Rua Conselheiro Ramalho, 330/340 01325-000 São Paulo SP Brasil
Tel. (11) 3241.3677 Fax (11) 3105.6867
e-mail: info@martinsfontes.com.br http://www.martinsfontes.com.br

• *Para minha mãe, que tanto* •
acreditava na felicidade.

• *E a Christophe,* •
evidentemente

• Hei de esperar-te sempre. •
É assim que te encontro.
Le rendez-vous, Justine Levy, Plon.

• Tu te agitas, te agitas; o importante •
é dar um sentido à vida.
André Téchiné.

. Índice .

. Introdução .

A propósito da serenidade

"Existe apenas um dever: ser feliz", escreveu Diderot. Mas quem sabe realmente o que é "ser feliz"? Será um bem-estar indefinível, que às vezes acreditamos apreender e que escapa no momento seguinte, para retornar quando menos esperamos? Será uma emoção brotada não se sabe de onde, que nos inunda sem sabermos de fato por quê? Um sentimento de plenitude? Ou mais simplesmente a consciência de que, no fundo, não somos tão infelizes?

E se ser feliz fosse ter serenidade? Pela definição do dicionário Larousse, a serenidade é um estado de sossego proveniente de uma paz moral que não é perturbada. Mas poderíamos acrescentar, sem risco de erro, que a serenidade decorre da aceitação das coisas e dos acontecimentos. É uma tomada de consciência. Contentarmo-nos com o que temos, submetermo-nos a nosso destino e tirar dele o melhor partido possível é viver serenamente. "Não peças que as coisas aconteçam como desejas. Mas deseja que elas aconteçam como acontecem, e serás feliz", resume Epiteto, que era escravo (e além disso um escravo maltratado), porém contente com sua sorte.

A serenidade, como descobrimos através dos textos dos filósofos reunidos neste livro, é uma busca e um trabalho de todos os momentos. Todos nós aspiramos a ser serenos, apesar das dificuldades e dos dissabores cotidianos. Pois sabemos que a serenidade é uma forma de felicidade. Mas não só isso.

Como uma árvore que precisa de água e de cuidados para atingir a plenitude, a felicidade deve ser alimentada, cultivada, merecida. É o que nos ensinam os filósofos e os pensadores que há séculos a vêm procurando – também eles. Lendo-os ou relendo-os, descobrimos que a busca da felicidade permanece a mesma em todos os tempos. As regras e os preceitos coletados aqui são espantosamente atuais. São como aqueles conselhos que uma avó nos destilaria ao pé do fogo: repletos de sabedoria e de serenidade.

Gracián, Sêneca, Epicuro, Esopo, Confúcio, Lao-tse, Pascal, Marco Aurélio, La Rochefoucauld, Chamfort, Madame du Châtelet, Rainer Maria Rilke, Oscar Wilde, tanto quanto Antoine de Saint-Exupéry, Alain ou Giono, fazem eco a nossas preocupações atuais. Provérbios, máximas, reflexões sobre o tempo que passa e o sentido da vida, pensamentos fulgurantes alinham-se para mostrar-nos claramente o que poderia ser esse estado de bem-aventurança que chamamos de serenidade. Neles descobrimos que a serenidade – como a felicidade, aliás – é antes de tudo um estado de espírito: "sou feliz porque decidi ser feliz". Assim, cabe a cada um de nós buscar aqui uma regra de vida, ao sabor de nossos anseios, de nossas dúvidas, de nossas necessidades. Ao ler e reler estes textos, alguns dos quais são muito antigos, tomamos consciência de que os autores, apesar de sua sabedoria, abrigavam em si tormentos e inquietações que afinal eram muito semelhantes aos nossos. Cabe ao leitor aplicar ou não estes preceitos, cuja simplicidade se faz sentir tanto quanto a serenidade que emanam. Ter em mãos este livro já é estar sereno.

Catherine Rambert

. Primeira parte .

Serenidade interior

.1.

Viver em harmonia consigo mesmo

"O maior segredo da felicidade é estar bem consigo mesmo", escreveu Fontenelle no século XVII. Poderíamos dizer o mesmo sobre a serenidade. Os sábios gregos e romanos da Antiguidade, e principalmente os estóicos, compreenderam bem isso; e, à sua maneira, não diziam outra coisa quando afirmavam que a felicidade, e portanto a serenidade, são tão-somente uma tomada de consciência, um bem-estar proporcionado pela aceitação das coisas tal como vêm. Assim, para ter a esperança de ser feliz bastaria decidir sê-lo, simplesmente. Em suma, contente-se com pouco, não deseje coisa alguma e conhecerá a bem-aventurança. Essa poderia ser a filosofia da felicidade.

É bem verdade que essas noções parecem bastante abstratas e austeras hoje, numa época em que o ter e o aparentar erigem-se como dogmas e em que tudo parece basear-se na apa-

rência, no superficial, na ilusão. É como se em nossos dias a felicidade se resumisse em querer sempre mais: mais dinheiro, mais reconhecimento, mais tempo, mais férias, mais tudo... De repente, todas as contrariedades, as preocupações financeiras e os mil pequenos dissabores diários que pontuam nossas existências parecem-nos obstáculos para a felicidade. De um lado insuficiência de bens, de outro lado excesso de aborrecimentos... Exigimos cada vez mais, colocamos cada vez mais condições...

A felicidade, graças a Deus, não é tão exigente quanto nós. Ela se contenta com pouco. É uma grande silenciosa que só se manifesta na quietude e nas pequenas coisas. É um raio de sol que se insinua pelo vão de uma porta, é um livro aberto, uma xícara de café bem quente, são os garotos que brincam e riem na rua, é abrir os olhos e olhar. É estar presente. Simplesmente presente. Em harmonia consigo mesmo.

O objetivo da vida é o desenvolvimento pessoal. Chegar a uma perfeita realização de nossa natureza – é para isso que todos estamos aqui.

Oscar Wilde, *Aforismos*

Quem alcança seu ideal ultrapassa-o por isso mesmo.

Nietzsche, *Além do bem e do mal*

Quanto tempo ainda demorarás para te julgares digno do que há de melhor e para respeitares tudo o que a razão decidir?

Epicteto, *Manual*

Atém-te ao que te parece o melhor, como se Deus te houvesse designado para esse posto. Lembra-te de que, se perseverares, os mesmos que antes zombavam de ti hão de admirar-te depois. Mas, se te deixares abater, tornar-te-ás duplamente ridículo.

Epicteto, *Manual*

O grande segredo da vida consiste em propor a si mesmo um objetivo digno e nunca o perder de vista.

Cristina da Suécia, *Máximas*

Se cumprires a tarefa atual obedecendo à reta razão, com diligência, energia, boa vontade e sem lhe mesclar nenhum assunto acessório; se zelares para que teu gênio interior se conserve sempre puro, como se tivesses de devolvê-lo neste instante; se unires essa obrigação ao preceito de nada esperar e nada esquivar; se, em tua tarefa atual, te contentares em agir de acordo com a natureza e se, no que disseres e deres a entender, falares de acordo com a heróica verdade, viverás feliz. E não há quem possa impedir-te disso.

Marco Aurélio, *Meditações*

O homem feliz é aquele que atribuiu a si mesmo um bom quinhão; e um bom quinhão são boas orientações espirituais, boas tendências, boas ações.

Marco Aurélio, *Meditações*

Portanto, ser feliz é ter um discernimento reto; ser feliz é contentar-nos com a sina atual, qualquer que seja, e amar o que temos; ser feliz é entregar à razão o cuidado de dar o preço a tudo o que constitui nossa existência.

Sêneca, *Da vida feliz*

Pode ser chamado de feliz aquele que, graças à razão, não tem nem desejo nem temor.

Sêneca, *Da vida feliz*

Quanto menos condições impusermos, maiores serão nossas perspectivas de felicidade.

Robert Holden, *Viver maravilhosamente*

Felicidade é uma alma livre, elevada, intrépida, constante, inacessível ao temor e ao desejo, para a qual o único bem é a moralidade, o único mal é o aviltamento e todo o restante é um amontoado de coisas incapazes de subtrair ou acrescentar algo à felicidade, indo e vindo sem aumentar nem diminuir o soberano bem. Um princípio tão solidamente estabelecido provocará necessariamente, queira-se ou não, uma alegria contínua, um júbilo profundo e que vem do fundo do ser, pois a alma deposita sua alegria no que ela possui e nada deseja além do que encontra ao seu redor.

Sêneca, *Da vida feliz*

Um dos grandes segredos da felicidade consiste em moderar nossos desejos e amar as coisas que possuímos. A natureza, cujo objetivo é sempre nossa felicidade (entendo por natureza tudo o que é instinto e sem raciocínio), a natureza, afirmo, só nos dá desejos conformes com nossa situação (...). Cabe a nosso espírito e às nossas reflexões fortalecer essa sábia sobriedade da natureza; só somos felizes com desejos satisfeitos; portanto, só devemos permitir-nos desejar as coisas que podemos obter sem excesso de cuidados e de trabalho, e esse é um ponto sobre o qual muito podemos para nossa felicidade. Amar o que possuímos, saber desfrutá-lo, saborear as vantagens de nossa situação, não deter demasiadamente os olhos naqueles que nos parecem mais felizes, empenhar-nos em aperfeiçoar o que é nosso e tirar-lhe o melhor partido possível – é a isso que devemos chamar de felicidade; e creio que dou uma boa definição quando digo que o mais feliz dos homens é aquele que menos deseja a mudança de sua situação.

Madame du Châtelet, *Discurso sobre a felicidade*

Quem procura a tranqüilidade da alma deve encarregar-se apenas de poucos assuntos, tanto na vida privada como na de cidadão; não deve empreender coisa alguma que ultrapasse suas forças e sua natureza; deve manter-se alerta, a fim de poder negligenciar até mesmo a fortuna quando ela lhe for hostil ou parecer arrastá-lo irresistivelmente; por fim, deve ligar-se apenas ao que não ultrapasse suas forças: a carga que nossos ombros portem deve ser leve e fácil de carregar.

Demócrito, *Fragmentos*

Paz e tranqüilidade, é isso a felicidade.

Provérbio chinês

Conscientizar-se

O homem que olha o horizonte não vê o prado à sua frente.

Provérbio indiano

Há momentos em que é preciso escolher entre viver a própria vida de forma plena, integral, completa, ou arrastar a existência degradante, vazia e falsa que o mundo, em sua hipocrisia, impõe.

Oscar Wilde, *Aforismos*

Nunca somos tão felizes nem tão infelizes como imaginamos.

La Rochefoucauld, *Máximas*

O essencial para o bem-estar é pois a saúde e em seguida os meios necessários para nosso sustento, e conseqüentemente uma existência livre de preocupações. A honra, o brilho, a grandeza, a glória, por mais valor que lhes atribuamos, não podem concorrer com esses bens essenciais nem substituí-los; muito ao contrário, se necessário, não hesitaríamos um instante em trocá-los pelos outros. Portanto, seria muito proveitoso para nossa felicidade conhecermos a tempo este fato tão simples: cada qual vive primeiro e efetivamente em sua própria pele e não na opinião dos outros; e por isso, naturalmente, nossa condição real e pessoal – tal como é determinada pela saúde, pelo temperamento, pelas faculdades intelectuais, pelos rendimentos, pela mulher, pelos filhos, pela casa etc. – é cem vezes mais importante para nossa felicidade do que aquilo que os outros querem fazer de nós. A ilusão, ao contrário, traz a infelicidade.

Schopenhauer, *Aforismos para a sabedoria de vida*

Todo homem que se julga feliz o é.

Cristina da Suécia, *Máximas*

Saber viver é hoje o verdadeiro saber.

Gracián, *A arte da prudência*

Viver é o que há de mais raro no mundo. A maioria das pessoas existe – é tudo.

Oscar Wilde, *Aforismos*

Todo ser animado é naturalmente impelido a fugir e a desviar-se do que lhe parece um mal e do que o causa, a procurar e a deixar-se prender pelo que lhe parece um bem e pelo que o proporciona. Portanto, é impossível, para quem se julga lesado, gostar de quem parece lesá-lo, assim como lhe é impossível gostar do dano que sofre.

Epicteto, *Manual*

Há apenas um dever: ser feliz.

Diderot, *Conversações*

A felicidade vem da atenção às pequenas coisas, e a infelicidade, da negligência pelas pequenas coisas.

Liu-Hiang

Arte para ser feliz

Há regras de felicidade, que nem sempre é fortuita para o homem sábio; o engenho pode ajudá-la. Alguns contentam-se em postar-se à porta da fortuna, com boa postura, e esperam que ela lhes abra. Outros fazem melhor, vão adiante e valem-se da ousadia, que nas asas da virtude e do mérito pode alcançar a ventura e lisonjeá-la eficazmente. Mas, filosofando bem, o único arbítrio é o da virtude e do empenho; porque não há mais ventura nem mais desventura do que sensatez ou insensatez.

Gracián, *A arte da prudência*

Aprender a relativizar

Para viver, deixar viver.

Gracián, *A arte da prudência*

Não transformar em um caso o que não o é. Assim como há pessoas que não se importam com nada, outras importam-se com tudo. Falam sempre solenemente, levam tudo a sério, reduzindo tudo a prudência ou a mistério. Poucas coisas que causam aborrecimento devem ser levadas a sério, pois seria empenhar-se em vão. É agir a contrapelo tomar a peito o que se deve jogar para trás das costas. Muitas coisas que eram algo, deixadas de lado foram nada; e outras que nada eram, levadas a sério tornaram-se muito. No início é fácil dar fim a tudo; depois, não. Muitas vezes o próprio remédio causa a enfermidade. Deixar as coisas como estão não é a pior regra de vida.

Gracián, *A arte da prudência*

O que distingue o homem de bem? A submissão a seu destino.

Sêneca, *Da providência*

A felicidade não é algo fácil; é muito difícil encontrá-la em nós e impossível encontrá-la em outra parte.

Chamfort, *Máximas e pensamentos*

Todo tolo é teimoso e todo teimoso é tolo; quanto mais errônea a opinião, maior a obstinação.

Gracián, *A arte da prudência*

Decidir ser feliz

E se fosse preciso simplesmente desejar ser feliz para sê-lo, aqui e agora? Mais ou menos como aquelas boas resoluções que tomamos no início de cada ano, decidamos tornar-nos os artífices de nossa felicidade, aqui e agora. Pois "a felicidade está em si", lembra um provérbio latino. Tomemos então a decisão de fazer do dia que começa um dia bem-sucedido, quaisquer que sejam os acontecimentos ou os imprevistos que o cruzem. Isso supõe coisas muito simples, como colocar nos lábios um sorriso, ter um pouco mais de paciência, um pouco mais de calma, um pouco mais de indulgência; mas também não se deixar envenenar mais do que o necessário pelos pequenos dissabores diários. Lembremos que as coisas têm apenas a importância que lhes damos e que cabe apenas a nós reduzi-las a seu justo valor.

O esforço que fazemos para ser felizes nunca é perdido.

Alain, *Considerações sobre a felicidade*

A felicidade é procurá-la.

Jules Renard, *Diário*

Sê feliz um instante, esse instante é tua vida.

Omar Khayyam, *Quadras*

O pequeno ofício que aprendeste, ama-o e dá-lhe toda tua aquiescência.

Marco Aurélio, *Meditações*

Viver numa imensa, numa orgulhosa serenidade, sempre além... Apaixonar-nos pró ou contra, à vontade, ou não nos apaixonarmos, condescender com nossas paixões durante algumas horas, montar em nossas paixões como em cavalos, como em burros, pois devemos saber utilizar-lhes tanto a estupidez quanto a fogosidade. Conservar nossos trezentos proscênios, conservar também os óculos escuros, pois há casos em que ninguém deve poder olhar-nos nos olhos e menos ainda perscrutar nossas profundezas. E viver na sociedade desse vício irônico e alegre, a cortesia. E permanecer senhor de nossas quatro virtudes: coragem, lucidez, intuição, solidão.

Nietzsche, *Além do bem e do mal*

A atividade é indispensável para a felicidade; o homem precisa agir, fazer alguma coisa, se isso lhe for possível, ou pelo menos aprender alguma coisa; suas forças pedem para ser utilizadas, e ele mesmo pede para vê-las produzir um resultado, qualquer que seja. Por esse aspecto, sua maior satisfação consiste em fazer, em confeccionar algo, seja cesta ou livro; mas o que lhe causa felicidade imediata é ver dia a dia sua obra crescer-lhe nas mãos e vê-la atingir a perfeição. Uma obra de arte, um escrito ou mesmo um simples trabalho manual produzem todo esse efeito; obviamente, quanto mais nobre é a natureza do trabalho, mais elevada é a fruição.

Schopenhauer, *Aforismos para a sabedoria de vida*

. 2 .

Sobre a simplicidade

Permanecer como somos, não nos sobrecarregarmos de atavios e de falsas aparências, ousar dizer o que somos, afirmar com brandura e firmeza o que pensamos e em que acreditamos, não procurar parecer, nem mascarar, nem fingir, encaminhar-nos para a verdade... Eis a regra de conduta que cada um de nós deveria adotar na vida. Como lembram os filósofos, nada é mais doce do que ficar em harmonia consigo mesmo. É uma necessidade "buscar sempre o caminho mais curto", diz Marco Aurélio.

Sempre ficamos mais felizes e mais serenos quando conseguimos comportar-nos ou dizer algo com simplicidade. Sentimo-nos "leves". Em harmonia conosco. Aliás, não é paradoxal constatar hoje que para ser simples é necessária uma certa cora-

gem – sim, coragem, e no entanto deveria ser o óbvio. "A simplicidade, que deveria ser uma qualidade natural, freqüentemente requer empenho para ser adquirida", nota La Rochefoucauld.

O mesmo acontece na vida social e entre amigos. Muitas vezes, ao nos defrontarmos com o olhar de outrem, é grande a tentação de vestir os trajes de um personagem que não é realmente o nosso. É bem verdade que o teatro social manda que nos apresentemos mascarados. Aliás, não há certeza de que essas pequenas comédias enganem os outros. A simplicidade também é não condicionar a felicidade à posse de bens materiais: ter uma bela casa, um carro, dinheiro são coisas muito agradáveis – ninguém pensa em negar isso –, mas de tanto correr atrás delas estamos arriscados a nos perdermos e a passarmos ao lado do que somos.

A arte de permanecer simples

Desejo

Caminhai tranqüilamente em meio à balbúrdia e à pressa, e lembrai-vos da paz que pode existir no silêncio. Sem alienação, tanto quanto possível vivei em bons termos com todas as pessoas. Dizei com brandura e clareza vossa verdade; e escutai os outros, mesmo o simples de espírito e o ignorante: também eles têm sua história. Evitai os indivíduos espalhafatosos e agressivos; eles vexam o espírito. Não vos compareis com ninguém: correríeis o risco de tornar-vos vazio ou vaidoso. Há sempre maiores e menores que vós. Desfrutai vossos projetos tanto quanto vossas realizações. Interessai-vos sempre por vossa carreira, por modesta que seja; ela é uma posse real nas incertas prosperidades do tempo. Sede prudente em vossos negócios, pois o mundo está repleto de logros. Mas não fiqueis cego para a virtude que existe; muitos indivíduos buscam os grandes ideais e em toda parte a vida está repleta de heroísmo. Sede vós mesmos. Sobretudo não afeteis amizade. Também não sejais cínico em amor, pois em face de toda esterilidade ou de todo desencanto ele é tão eterno quanto a relva. Recebei com bondade o conselho dos anos, renunciando com graciosidade à vossa juventude. Fortalecei um poder espiritual para proteger-vos em caso de desgraça súbita; mas não vos atormenteis com vossas quimeras: muitos temores nascem da fadiga e da solidão. Acima de uma disciplina sadia, sede brando convosco. Sois um filho do universo, não menos do que as árvores e as estrelas; tendes o direito de estar aqui. E, quer isso vos esteja claro ou não, o universo indiscutivelmente acontece como deveria. Ficai em paz com Deus, não importa qual seja vossa concepção dele e quais sejam vossos trabalhos e sonhos: na desordem ruidosa da vida, conservai a paz em vossa alma. Com todas suas perfídias, suas tarefas tediosas e seus sonhos interrompidos, o mundo apesar de tudo é belo. Prestai atenção. Procurai ser feliz.

Encontrado numa igreja de Baltimore em 1692. Anônimo

Deves zelar para não te tornares um césar, para não te tingires dessa cor, pois é o que acontece. Conserva-te simples, bom, puro, digno, natural, amigo da justiça, piedoso, benevolente, terno, resoluto na prática de teus deveres. Luta para permaneceres tal como a filosofia quis formar-te. Reverencia os deuses, auxilia os homens. A vida é curta. O único fruto da existência na terra é uma disposição virtuosa e ações úteis à comunidade. Em tudo, mostra que és discípulo de Antonino. Pensa em seu esforço diligente para agir de acordo com a razão, em sua equanimidade de alma ante todas as circunstâncias, em sua piedade, na serenidade de sua fisionomia, em sua mansuetude, em seu menosprezo pela glória vã, em seu ardor para apreender profundamente os assuntos de Estado. Pensa também no modo como ele não deixava coisa alguma passar sem a ter examinado a fundo e compreendido claramente, como suportava as recriminações injustas sem responder a elas com outras recriminações, como tratava tudo sem precipitação, como rejeitava a calúnia, como indagava meticulosamente sobre os caracteres e as atividades. Nem insolência, nem timidez, nem desconfiança, nem afetação. Pensa em como ele se contentava com pouco para sua casa, por exemplo em sua cama, seus trajes, sua alimentação, seu serviço doméstico; como era laborioso e paciente, e capaz de empenhar-se até a noite na mesma tarefa, graças à simplicidade de sua dieta, sem precisar evacuar os resíduos dos alimentos fora da hora habitual. Pensa também na solidez e na constância de suas amizades, em sua tolerância para com os que contradiziam francamente suas opiniões, em sua alegria se alguém lhe apontava uma solução melhor, em seu espírito religioso sem superstição – para que tua hora derradeira te surpreenda com uma consciência tão pura quanto a que ele tinha.

Marco Aurélio, *Meditações*

A todo momento, aplica-te em fazer o que está em tuas mãos, como romano e como homem, com firmeza, rigor, simplicidade, gravidade, caridade, liberdade e justiça; e dedica a isso todo teu tempo, sem te preocupares com o restante. Hás de consegui-lo se realizares cada ação de tua vida como se fosse a última, afastando-te de toda leviandade, de toda rejeição ao império da razão, de toda hipocrisia, de todo egoísmo e de todo ressentimento para com o destino. Bem vês que há poucos princípios a ser dominados para levar uma vida feliz e piedosa. Se os respeitares, os deuses nada mais te pedirão.

Marco Aurélio, *Meditações*

Deves buscar sempre o caminho mais curto, e o mais curto é o que segue de acordo com a natureza. Eis por que em tudo é preciso agir e falar do modo mais natural. Essa linha de conduta te livrará da ênfase, do exagero e do estilo desfigurado e artificial.

Marco Aurélio, *Meditações*

Suportaste mil males, porque não te contentaste em deixar a faculdade que te norteia ajustar-se ao papel para o qual foi constituída. Mas agora basta!

Marco Aurélio, *Meditações*

Uma vida feliz é pois aquela que se harmoniza com sua natureza; e só se pode consegui-la se a alma for antes de tudo sadia e estiver continuamente de posse desse estado de saúde; depois, se for corajosa e enérgica; em seguida, muito bela e paciente, pronta para qualquer acontecimento, cuidadosa, mas sem inquietações, com o corpo e com o que diz respeito a ele; e finalmente, se for laboriosa em proporcionar a si outras vantagens que adornam a vida sem admirar nenhuma delas, disposta a aproveitar os dons da fortuna sem sujeitar-se a eles.

Sêneca, *Da vida feliz*

Para ser feliz, é preciso ter se livrado dos preconceitos, ser virtuoso, estar bem de saúde, ter gostos e paixões, ser capaz de ilusões – pois devemos à ilusão a maioria de nossos prazeres, e infeliz daquele que a perde. Portanto, em vez de tentar desvanecê-la com a tocha da razão, procuremos espessar o verniz que ela coloca sobre a maioria das coisas; este lhes é ainda mais necessário do que o são para nossos corpos os cuidados e o traje.

É preciso começar por dizer firmemente a si mesmo (e convencer-se firmemente disso) que neste mundo nada temos a fazer além de nos proporcionarmos sensações e sentimentos agradáveis. Os moralistas que dizem aos homens: "reprimi vossas paixões e dominai vossos desejos, se quereis ser felizes" não conhecem o caminho da felicidade. Só somos felizes tendo gostos e paixões contentados.

Madame du Châtelet, *Discurso sobre a felicidade*

Vi homens que eram dotados tão-somente de uma razão simples e reta, sem grande extensão nem muita elevação de espírito, e essa razão simples bastara para fazê-los colocar em seu devido lugar as vaidades e tolices humanas, para dar a eles o sentimento de sua dignidade pessoal, para fazê-los apreciar esse mesmo sentimento em outrem. Vi mulheres mais ou menos no mesmo caso, e que um sentimento verdadeiro, cedo experimentado, colocara no nível das mesmas idéias. De ambas as observações conclui-se que os que atribuem grande valor a essas vaidades, a essas tolices humanas pertencem à última classe de nossa espécie.

Chamfort, *Máximas e pensamentos*

Deves limitar teus desejos das coisas do mundo e viver contente. Desprende-te dos entraves terrenos do bem e do mal,

Bebe da taça e brinca com os cachos de cabelo da bem-amada,

Pois tudo passa depressa... e quantos dias ainda nos restam?

Omar Khayyam, *Quadras*

Trocamos o mundo por um cantinho e dois pães,
Abstivemo-nos do desejo, de sua fortuna, de sua magnificência.
Compramos a pobreza com nosso coração e nossa alma;
Na pobreza descobrimos grandes riquezas.

Omar Khayyam, *Quadras*

Um bravo não teme ser de condição modesta.

Provérbio chinês

Quem conhece bem os limites da vida sabe que é fácil obter o que suprime o sofrimento causado pela privação e o que conduz a vida integralmente à perfeição; de modo que não sente a menor necessidade de situações de luta.

Epicuro, *Máximas capitais*

A todos os desejos deve-se aplicar a seguinte pergunta: o que me acontecerá caso se realize o que meu desejo procura obter, e o que me acontecerá caso isso não se realize?

Epicuro, *Sentenças vaticanas*

Daquilo que diz respeito ao corpo, deves tomar apenas o que for estritamente útil, quer se trate de alimento, de bebida, de roupas, de moradia, de criadagem. Afasta tudo o que tiver a ver com a ostentação e o luxo.

Epicteto, *Manual*

Saber apreciar as pequenas venturas

Sabemos muito bem que a felicidade é feita de pequenas coisas, de instantes mágicos em que o tempo parece suspenso: silêncios eloqüentes, momentos de fraternidade simples em que ocorre algo imaterial e no entanto muito real. São segundos (às vezes minutos) voláteis e frágeis, que é preciso captar. Não há nada a dizer; basta contentar-se em estar ali e ter consciência dessa harmonia perfeita entre nós e o que nos cerca. Nenhuma necessidade de sensações fortes ou de longos discursos. Basta parar e ouvir. Está acontecendo aqui, agora, e não em outra parte. Saber reconhecer uma pequena felicidade é uma grande fonte de apaziguamento e de satisfação. É dar um passo rumo à serenidade.

Quando não vos doerem os pés, a barriga ou a cabeça; quando ao longo do dia os encontros se sucederem e a ponte que construís, ou o livro, ou o par de sapatos, assumir uma forma; quando além de tudo o tempo estiver bom e o carteiro deixar em vossa porta a carta de um amigo, não indagueis. É que a festa da vida está no auge.

Georges L. Godeau, *Tua vida me interessa*

Ele se sentia simplesmente integrado a um todo, unido a uma ordem dos seres e das coisas, tanto pelo espírito como pela carne.

Nicholas Evans, *O homem que murmurava ao ouvido dos cavalos*

Quando a família estava reunida à mesa e a sopeira fumegava, mamãe dizia às vezes:

– Parem de beber e de falar por um momento.

Obedecíamos. Olhávamos um para o outro sem compreender, achando engraçado.

– É para fazê-los pensar na felicidade – acrescentava ela.

Não tínhamos mais vontade de rir.

Félix Leclerc, *Descalço ao alvorecer*

Indo para a escola é que aprendi a cantar;
Crianças alegres amam tanto as canções!
Seguem contando-as ao passarinho a voar,
À nuvem, ao vento vão andando a pregar,
Leves, orgulhosas de saber as lições.

Marceline Desbordes-Valmore, "A fiandeira e a criança"

Quem não for capaz de construir sua felicidade com a simplicidade apenas raramente conseguirá construí-la, e construí-la duradoura, com a extrema beleza.

Giono, *A caça à felicidade*

Deves anular a imaginação. Cessar essa agitação de marionete. Circunscrever o momento atual. Compreender o que te acontece, a ti ou a outrem. Distinguir e analisar, no objeto que te ocupa, sua causa e sua matéria. Pensar em tua última hora. A falta que este homem cometeu, deixá-la onde cabe à falta.

Marco Aurélio, *Meditações*

Que haja riso na doçura da amizade, e compartilhamento de prazeres.

Pois é no orvalho das coisas modestas que o coração encontra sua manhã e seu frescor.

Khalil Gibran, *O profeta*

Viver sem ênfase

As coisas maiores precisam apenas ser ditas com simplicidade: estragam-se com a ênfase. As menores devem ser ditas com nobreza: sustentam-se apenas pela expressão, pelo tom e pela maneira.

La Bruyère, *Os caracteres*

Um homem que durante um certo tempo viveu na intriga não consegue mais passar sem ela: qualquer outra vida lhe é tediosa.

La Bruyère, *Os caracteres*

Adoro os prazeres simples. Eles constituem o último refúgio dos seres complexos.

Oscar Wilde, *O retrato de Dorian Gray*

Vivemos numa época em que o supérfluo é nossa única necessidade.

Oscar Wilde, *Aforismos*

Não cortejar ninguém nem esperar que alguém vos corteje: doce situação, idade de ouro, o estado humano mais natural.

La Bruyère, *Os caracteres*

Esforçamo-nos em vão por parecer o que não somos.

Cristina da Suécia, *Máximas*

Moderar a imaginação

Às vezes corrigindo-a, às vezes ajudando-a, tudo isso para a felicidade e para o aperfeiçoamento do saber. Ela tem propensão à tirania: não se contenta em especular; age, e costuma assenhorear-se da vida, tornando-a feliz ou infeliz de acordo com a tolice em que incorre.

Gracián, *A arte da prudência*

Todos esses bens que desejas alcançar com longos desvios, podes tê-los desde já, se não os recusares a ti mesmo. Quero dizer: se deixares todo o passado, se entregares o futuro à Providência e se, limitando-te unicamente ao presente, tu o dirigires rumo à piedade e à justiça. Rumo à piedade, para amares o fado que te coube, pois a natureza destinou-o a ti, assim como te destinou a ele. Rumo à justiça, para livremente e sem ambigüidade dizeres a verdade e agires de acordo com a lei e com os valores das coisas. Não te deixes entravar pela malícia, pela opinião e pela palavra de outrem, nem pelas sensações desse pedaço de carne aglutinada ao teu redor.

Marco Aurélio, *Meditações*

Resumindo, o homem reto e honesto deve assemelhar-se ao homem que cheira a bodum, de modo que qualquer um que se aproximar sinta de imediato, queira ou não, como ele é. A busca da simplicidade é um sabre. Nada é mais odioso que uma amizade de lobo. Deves evitar esse vício mais que todos os outros. O homem de bem, o homem reto, benevolente, mostra essas qualidades nos olhos, e elas não passam despercebidas.

Marco Aurélio, *Meditações*

Quanto mais lastro se tiver, mais homem se é. Em tudo, o interior deve sempre valer o dobro do exterior. Há indivíduos que têm apenas a fachada, como casas que não se acabaram de construir por falta de recursos: a entrada é de palácio e os alojamentos, de cabana. Nessas pessoas não há onde parar, ou antes tudo pára, porque, acabada a saudação inicial, acaba a conversação. Fazem seus cumprimentos de entrada, como cavalos sicilianos, e em seguida param taciturnas, pois as palavras se esgotam onde o entendimento não é perene. Facilmente enganam assim outras que, como elas, também têm apenas a aparência; mas não às pessoas de discernimento, que, como olham por dentro, acham-nas ocas.

Gracián, *A arte da prudência*

Um homem que aspira à grandeza considera a todos com quem cruza em seu caminho, seja como meios, seja como obstáculos que o retêm, seja como refúgios provisórios. Sua *bondade* aristocrática para com os outros homens, essa bondade que lhe é particular, só pode exprimir-se depois de atingido o cume de onde ele domina seu horizonte. Sua impaciência, a consciência que tem, antes de haver alcançado esse cume, de estar incessantemente condenado à comédia – pois mesmo a guerra é uma comédia e oculta alguma coisa, como todo meio oculta um fim –, essa impaciência, essa consciência deterioram-lhe todas as relações com o outro: essa espécie de homem conhece a solidão e todos seus venenos.

Nietzsche, *Além do bem e do mal*

Devemos tomar como guia a natureza; é a ela que a razão observa e consulta. Portanto, dá no mesmo viver feliz ou viver de acordo com a natureza. Que significa essa expressão? Passo a explicá-la: se preservarmos com cuidado e serenidade nossas qualidades físicas e nossas aptidões naturais, sempre lembrando que são efêmeras e fugazes, se não nos escravizarmos a elas e não formos joguete dos objetos externos, se as satisfações adventícias do corpo estiverem para nós na mesma categoria que num campo de batalha os auxiliares e as tropas móveis (cabe-lhes servir, não comandar), apenas nessa medida as coisas são úteis à alma. Que o homem não se deixe corromper pelas coisas exteriores nem dominar-se por elas e admire apenas a si mesmo; que confie em sua energia e se mantenha a postos para qualquer eventualidade; que seja o artesão de sua vida; que sua confiança não caminhe sem uma certa ciência, e sua ciência, sem firmeza: que suas decisões sejam sem apelação e seus decretos, sem rasura. Compreende-se, sem que eu precise acrescentar, que um homem assim será equilibrado, ordenado, com uma majestade mesclada de bondade em todas suas ações.

Sêneca, *Da vida feliz*

Procuremos pois estar bem, não ter preconceitos, ter paixões, fazê-las servir à nossa felicidade, substituir nossas paixões por gostos, conservar preciosamente as ilusões, ser virtuosos, nunca nos arrependermos, afastar de nós as idéias tristes, nunca permitir que nosso coração conserve uma centelha de gosto por alguém cujo gosto diminui e que deixa de amar-nos. Algum dia temos mesmo de deixar o amor, por pouco que envelheçamos, e tal dia deve ser aquele em que ele cesse de fazer-nos felizes. Por fim, pensemos em cultivar o gosto pelo estudo, esse gosto que faz nossa felicidade depender apenas de nós. Resguardemo-nos da ambição, e sobretudo saibamos bem o que queremos ser; decidamo-nos sobre o caminho que desejamos seguir para passar nossa vida e procuremos semeá-lo de flores.

Madame du Châtelet, *Discurso sobre a felicidade*

Como viver feliz, segundo Sêneca

Filósofo, escritor, homem político romano, nascido quatro séculos antes de nossa era, Sêneca é um dos grandes pensadores da filosofia estóica. Apesar dos séculos que nos separam, suas numerosas obras têm uma surpreendente atualidade, pois para ele a filosofia devia servir "para ensinar a viver" e não para fazer discursos.

Sem dúvida os intransigentes enfatizarão, acertadamente, que Sêneca, que levava uma vida luxuosa, nem sempre aplicou os princípios que defendia. Isso em nada lhes diminui o valor e a intemporalidade. Talvez seja justamente por essa razão que às vezes seu estoicismo se mostra impregnado de epicurismo. Tal mistura de gêneros dá a seus escritos todo sabor e humanidade. É preciso ler ou reler Da providência, Da tranqüilidade da alma, Da brevidade da vida, Da vida feliz, Da constância do sábio *para perceber a que ponto suas preocupações e sua busca de um "maior bem-estar" assemelham-se às nossas. Ele tinha consciência das injustiças de sua época e dos tormentos humanos, e por isso seus tratados não se limitam a ser teóricos: baseiam-se em reflexões concretas e práticas que todos podemos aplicar. A leitura de Sêneca é ao mesmo tempo uma tomada de consciência e um banho de rejuvenescimento.*

1. Só tomaremos gosto em nos limitarmos dessa forma se tivermos, previamente, tomado gosto por uma vida econômica (sem ela, nenhuma fortuna é suficiente, todas são cestos furados), visto que, acima de tudo, o remédio está ao nosso alcance e a própria pobreza, auxiliada por gostos simples, pode transformar-se em riqueza.

2. Habituemo-nos a afastar toda ostentação e a avaliar as qualidades práticas das coisas e não suas qualidades que nos põem em destaque. Devemos comer para acalmar nossa fome, beber para acalmar nossa sede e reduzir nossa vida sexual à satisfação de nossas necessidades elementares. Devemos aprender a contar com nossas pernas para caminharmos e a pautar nosso vestuário e nossa alimentação não pela moda do momento mas pelo modelo de nossos costumes ancestrais. Aprendamos a controlar-nos melhor, a refrear nossos excessos, a moderar nossa vaidade, a amansar nossa irascibilidade, a pen-

sar sem inquietação na pobreza, a praticar a frugalidade: tanto pior para todos os que considerarem vergonhoso satisfazer desejos naturais com meios pouco elaborados, manter praticamente acorrentadas as expectativas desmedidas de uma alma sempre voltada para o futuro e esperar a riqueza mais de nós mesmos que da Fortuna.

3. Por mais que tentemos preservar-nos de toda a arbitrariedade dos inúmeros golpes do destino, nunca poderemos escapar da fúria de freqüentes tempestades se alinharmos no mar frotas imensas. Devemos limitar estreitamente nosso campo de ação para que os golpes caiam no vazio; é assim que, às vezes, um exílio e uma grande catástrofe se transformam em remédios, e graves dissabores são eliminados por outros dissabores mais suportáveis. Quando uma alma não escuta suficientemente os conselhos que lhe são dados e não pode ser curada por um método bastante brando, como agir de outro modo que não submetê-la ao tratamento da pobreza, do opróbrio e da ruína? Combate-se o mal com o mal. Habituemo-nos pois a jantar sem estar rodeados por uma multidão de espectadores, a reduzir o número de escravos de que dependemos, a adquirir roupas para o uso a que foram destinadas e a alojar-nos menos espaçosamente. Não é apenas nas corridas e nos jogos do circo, é também na arena da vida que temos de fazer a curva pelo lado mais curto...

4. Também as despesas de ordem cultural, apesar de seu cunho tão honroso, só se justificam se forem comedidas. De que adiantam inúmeros livros, de que adiantam bibliotecas se seu proprietário mal consegue, numa vida inteira, ler todos os títulos? Uma abundância de livros esmaga aquele que quer instruir-se, sem instruí-lo; e é claramente preferível interessar-se por um número limitado de escritores em vez de perder-se lendo muitos deles.

Sêneca, *Da tranqüilidade da alma*

.3.

Serenidade, um estado de espírito

O leitor já notou? Há pessoas que estão sempre com um ar feliz; os contratempos, os obstáculos e os problemas não parecem ter domínio sobre elas. Não que os tenham em menor número que as outras ou que a vida as poupe; é que possuem a faculdade de não se deixar atingir por eles. Vêem o lado positivo de tudo. São o que chamamos de naturezas felizes, sempre prontas para sorrir, para dar de ombros e continuar calmamente seu caminho. Como atribuem pouca importância aos acontecimentos, estes se desagregam por si mesmos e não provocam mais agitação do que as ondulações causadas por um pedregulho lançado num lago.

"Quanto a mim, tudo é de bom augúrio, se eu assim quiser." Epicuro tem razão ao lembrar que freqüentemente as coisas e os acontecimentos que nos contrariam não valem a im-

portância que lhes damos e que extrair lições deles depende apenas de nós. Assim, em vez de nos lamentarmos, mais vale encarar um fracasso como um teste rico em ensinamentos; um atraso como um tempo suplementar para reflexão; uma dificuldade como uma aprendizagem. "Muitas das pequenas derrotas podem trazer consigo uma grande vitória", diz um provérbio chinês. Devemos guardar isso na memória e nos munirmos da certeza de que o melhor está por vir. Deixar passar as coisas que não têm real importância, não nos angustiarmos pelo que não vale a pena, relativizar... Ter a força de espírito de dizer: "afinal de contas, isso não é tão grave" – e acreditar. A serenidade é um pouco de tudo isso ao mesmo tempo.

Aceitar os fatos como acontecerem

Não peças que as coisas aconteçam como queres. Mas deseja que elas aconteçam como acontecem, e serás feliz.

Epicteto, *Manual*

Para mim, há apenas presságios felizes, se eu assim quiser; pois, não importa o que aconteça, depende de mim extrair disso algum bem.

Epicteto, *Manual*

O que abala os homens não são as coisas, e sim a opinião sobre as coisas.

Epicteto, *Manual*

A filosofia consiste no seguinte: zelar para que o gênio que existe em nós não sofra ultraje nem dano e esteja acima dos prazeres e dos penares; para que ele nada faça ao acaso, por mentira nem por falsa aparência; para que não se prenda ao que os outros fazem ou deixam de fazer. E, além disso, para aceitar o que acontece e o que lhe cabe, como provenientes de onde ele próprio veio. E, sobretudo, para aguardar a morte com alma serena, sem ver nela outra coisa que não a dissolução dos elementos de que é composto cada ser vivo. Se para esses elementos não há nada assustador em cada um transformar-se continuamente em outro, por que temeríamos a transformação do conjunto deles e nossa própria dissolução? Ela está de acordo com a natureza; e nada que acontece de acordo com a natureza é mau.

Marco Aurélio, *Meditações*

Não é o que as coisas são objetivamente e na realidade, e sim o que elas são para nós, em nossa percepção, que nos torna felizes ou infelizes.

Schopenhauer, *Aforismos para a sabedoria de vida*

Homem universal

Composto de todas as altas qualidades, ele vale por muitos. Torna felicíssimo o viver, transmitindo aos que lhe estão próximos essa fruição. Variedade com perfeição é entretenimento da vida. Saber munir-se de tudo o que é bom é grande arte; e, assim como a natureza fez no homem, sua obra mais excelente, um apanhado de todo o universo, também a arte deve fazer do espírito do homem um universo de conhecimento e de virtude.

Gracián, *A arte da prudência*

A atitude do homem com relação à sua vida determina seu destino.

Albert Schweitzer

A felicidade e a infelicidade dos homens não dependem menos de seu humor que da fortuna.

La Rochefoucauld, *Máximas*

Quanto às coisas contra as quais nada podemos, façamos de forma que elas nada possam contra nós.

Fórmula estóica

Devemos pois aceitar tudo corajosamente; com efeito, ao contrário do que imaginamos, nenhum acontecimento se deve ao acaso. Tudo se encadeia sempre por conseqüência. O que nos causará prazer, assim como o que nos será fonte de lágrimas, está determinado há muito tempo. Por maior que possa parecer a variedade dos destinos humanos, tudo se resume nesta lei única: somos perecíveis e tudo com que somos aquinhoados é perecível. Por que então nos rebelarmos? Por que nos queixarmos?

Aceitemos o destino da raça humana. A natureza bem pode fazer o que quiser dos corpos: pertencem a ela! Quanto a nós, jubilosos e cheios de coragem em todas as circunstâncias, estejamos conscientes de que nada que perece nos pertence.

Sêneca, *Da providência*

Olhar o lado bom das coisas

Pois, como diz o sábio, todo cântaro tem duas asas, e assim também todo acontecimento tem dois aspectos: sempre acabrunhante se assim quisermos, sempre reconfortante e consolador se assim quisermos.

Alain, *Considerações sobre a felicidade*

Tudo tem seu direito e seu avesso. A melhor coisa fere, se a tomarmos pelo corte; inversamente, a mais incômoda acomoda-se, se tomada pela empunhadura. Muitas coisas que foram penosas teriam dado alegria se houvéssemos considerado as conveniências. Em tudo há conveniências e inconveniências; a habilidade consiste em saber encontrar o que convém. Uma mesma coisa tem diferentes faces se a olharmos sob diferentes luzes; olhemo-la sob a da felicidade. Não devemos trocar as rédeas do bem e do mal; disso resulta que uns encontrem contentamento em tudo, e outros, tristeza. Saber receber as coisas: o melhor anteparo contra os reveses da fortuna e uma grande regra de vida, para todos os tempos e usos.

Gracián, *A arte da prudência*

Assim pois, na boa como na má fortuna, e exceto na eventualidade de alguma grande desgraça, o que acontece a um homem em sua vida é menos importante do que a maneira como ele o *sente,* isto é, a natureza e o grau de sua sensibilidade sob todos os aspectos. O que temos em nós mesmos e por nós mesmos – numa palavra, a personalidade e seu valor: esse é o único fator imediato de nossa felicidade e de nosso bem-estar.

Schopenhauer, *Aforismos para a sabedoria de vida*

Em toda e qualquer circunstância da vida, encontrarás com que te divertires, relaxares e sentires prazer, desde que tomes o partido de relativizar tuas infelicidades em vez de torná-las intoleráveis.

Sêneca, *Da tranqüilidade da alma*

Deveríamos impregnar-nos com as cores da vida, mas sem nunca nos lembrarmos dos detalhes. Os detalhes são sempre vulgares.

Oscar Wilde, *Aforismos*

Os homens num mesmo dia abrem a alma para pequenas alegrias e deixam-se dominar por pequenas tristezas; nada é mais desigual e menos constante do que aquilo que em tão pouco tempo se passa em seu coração e em seu espírito. O remédio para esse mal consiste em só estimar as coisas do mundo precisamente pelo que elas valem.

La Bruyère, *Os caracteres*

A vida é curta e tediosa: toda ela se passa a desejar. Adiamos para o futuro o descanso e as alegrias – geralmente, para aquela idade em que já desapareceram os melhores bens: a saúde e a juventude. Esse tempo chega, e surpreende-nos ainda desejando; assim estamos quando a febre nos assalta e nos aniquila; se sarássemos, seria apenas para desejar durante mais tempo.

La Bruyère, *Os caracteres*

Nada exorta tanto um espírito lógico a suportar tranqüilamente os erros que os parentes e os amigos cometem com relação a ele quanto refletir sobre os vícios da humanidade e sobre como é difícil para os homens ser constantes, generosos, fiéis, movidos por uma amizade mais forte que o interesse. Como conhece o que lhes está ao alcance, não exige deles que interpenetrem os corpos, que voem no ar, que sejam equânimes. Ele pode detestar os homens em geral, nos quais há tão pouca virtude; mas desculpa-os individualmente, ama-os mesmo por motivos mais elevados, empenha-se em necessitar o menos possível de uma indulgência semelhante.

La Bruyère, *Os caracteres*

Acreditar em si

Deveis sempre dar razão a *vosso* sentimento, contra essas análises, esses resumos, essas introduções. Mesmo que estivésseis errado, o desenvolvimento natural de vossa vida interior há de conduzir-vos lentamente, com o tempo, a um outro estado de conhecimento. Concedei a vossos julgamentos seu desenvolvimento próprio, silencioso. Não o contrarieis, pois, como todo progresso, ele deve provir do fundo de vosso ser e não pode sofrer nem pressão nem apressamento. Portar até o termo, depois dar à luz: tudo está nisso. (...) Esperai com humildade e paciência a hora de uma nova luz.

Rainer Maria Rilke, *Cartas a um jovem poeta*

Estabelece para ti desde já um modelo e um tipo, que seguirás quando estiveres a sós contigo e quando te encontrares entre os homens.

Epicteto, *Manual*

A sorte mistura as cartas como e quando quer; cada homem deve empenhar-se em conhecer a sua e em sondar sua índole, pois disso depende perder ou ganhar. Que ele saiba acomodar-se à sua sina e ajudá-la; mas não queira mudá-la, pois isso seria perder o norte que a estrela polar lhe aponta.

Gracián, *A arte da prudência*

É pela prova do fogo que se reconhece o ouro puro. É pelas provações que se reconhece o homem de coragem.

Sêneca, *Da providência*

Felicidade é uma alma livre, elevada, intrépida, constante, inacessível ao temor e ao desejo, para a qual o único bem é a moralidade, o único mal é o aviltamento e todo o restante é um amontoado de coisas incapazes de subtrair ou acrescentar algo à felicidade, indo e vindo sem aumentar nem diminuir o soberano bem. Um princípio tão solidamente estabelecido provocará necessariamente, queira-se ou não, uma alegria contínua, um júbilo profundo e que vem do fundo do ser, pois a alma deposita sua alegria no que ela possui e nada deseja além do que encontra ao seu redor.

Sêneca, *Da vida feliz*

Assim, pode-se defini-la dizendo que o homem feliz é aquele para quem não há bom nem mau, exceto uma alma boa ou má; é aquele que pratica o bem, contenta-se com a virtude, não se deixa exaltar nem abater pelos lances da fortuna, não conhece maior bem do que o que pode proporcionar a si mesmo, para quem a verdadeira voluptuosidade é o desprezo pelas voluptuosidades.

Sêneca, *Da vida feliz*

Portamos em nós maravilhas que procuramos fora de nós.

Sir Thomas Browne, médico inglês

Temos de inventar um novo hedonismo que recriará a vida e a salvará deste puritanismo duro e inconveniente que estranhamente vemos renascer hoje. Sem dúvida ele deverá integrar a atividade do intelecto, mas sem nunca aceitar teoria ou sistema que sacrifique sequer a menor experiência apaixonada. O objetivo desse novo hedonismo, aliás, será a experiência em si e não os frutos da experiência, sejam eles doces ou amargos. Da estética que embota os sentidos e da libertinagem vulgar que os entorpece, ele nada saberá. Mas deverá ensinar ao homem como concentrar-se nos momentos de uma vida que também não é mais que um breve momento.

Oscar Wilde, *Aforismos*

Evidentemente, todos os homens necessitam de alimento... Mas há outra coisa de que necessitamos: saber quem somos e por que vivemos.

Jostein Gaarder, *O mundo de Sofia*

Nossa vida é o que nossos pensamentos a tornam.

Marco Aurélio, *Meditações*

Podes suprimir muitos motivos de perturbações supérfluas e que, todos eles, existem apenas em tua opinião. E abrirás para ti um imenso campo livre se abarcares com o pensamento o mundo inteiro, se refletires sobre a duração eterna, se meditares sobre a rápida transformação de cada coisa tomada em particular, sobre como é curto o tempo entre o nascimento e a dissolução, sobre o infinito que precedeu o nascimento e também sobre o infinito que seguirá a dissolução!

Marco Aurélio, *Meditações*

A tragédia da vida é o que morre no interior de um homem enquanto ele vive.

Albert Schweitzer

O caminho da felicidade

Um sábio perguntou a um louco qual era o caminho da felicidade. O louco respondeu prontamente, como alguém a quem se pergunta o caminho para a cidade vizinha: "Admira a ti mesmo e vive na rua." "Alto lá, bradou o sábio, estás pedindo muito; é suficiente nos admirarmos!" E o louco então respondeu: "Mas como nos admirarmos continuamente se nos desprezamos constantemente?"

Nietzsche, *A gaia ciência*

Felizes os que morrem sem envelhecer.

Cristina da Suécia, *Máximas*

Que ninguém, porque é jovem, demore para filosofar, nem, porque é velho, se canse de filosofar; pois ninguém se decide cedo demais nem tarde demais a assegurar a saúde da alma. E quem disser que a hora de filosofar ainda não chegou, ou que essa hora já passou, assemelha-se àquele que, falando da felicidade, diz que essa hora ainda não chegou ou que já passou.

Epicuro, *Carta a Meneceu*

Devemos pois ocupar-nos do que produz felicidade, pois se ela estiver presente temos tudo, ao passo que, se estiver ausente, tudo fazemos para tê-la.

Epicuro, *Carta a Meneceu*

.4.

Saber dar

"É dando que nos enriquecemos", dizia madre Teresa, que entendia do assunto. De fato, qual prova de amor pode ser mais bela do que dar? Dar tempo, dar amor, dar de si... Mas dar é também oferecer ao outro o que lhe causa prazer, dar sem segundas intenções e sem arrependimento...

"Mesmo as feras são sensíveis a um bom tratamento", observa Sêneca. A mensagem é clara. É preciso dar para abrandar, reparar, acalmar. Mesmo aos que não amamos. Dizer uma palavra gentil e sorrir para uma pessoa desagradável é dar-lhe de presente nossa boa vontade e nossa compreensão. Sem ter certeza de que ela retribuirá nossa gentileza. Mas, paciência. "Dar é dar; tomar de volta é roubar", dizem as crianças. Pois, em última análise, dar aos que nos são próximos é bas-

tante fácil (ainda que...), ao passo que a verdadeira doação é a que se faz mesmo acima do sentimento, sem nada esperar em troca – pela beleza do gesto, digamos assim.

Mas atenção, lembram-nos os sábios: há dar e dar. Dar de má vontade, a contragosto, fazendo o outro sentir o preço de nosso sacrifício, não é dar: é consentir. Nesse caso mais vale abster-se, pois não há nada mais desolador do que alguém que dá com pesar. A generosidade adapta-se mal às contas exageradas. Além disso, nem sequer se colhe o reconhecimento de quem recebe. Mas dar de bom coração, dar com alegria e entusiasmo, dar como um grão-senhor é por si só uma realização, uma verdadeira festa.

Dando, sobretudo dando o que nos é precioso, tornamo-nos mais leves, realizamo-nos e principalmente ganhamos algo mais precioso ainda: um amigo talvez, ou alguém que nos será reconhecido por nossa boa ação. Somos ricos do que damos, costuma-se dizer. E essa riqueza não tem preço.

O dom de si é uma completude.

Rainer Maria Rilke, *Cartas a um jovem poeta*

O homem mais feliz é aquele que faz a felicidade do maior número de outros.

Diderot

Há mais prazer em fazer o bem do que em recebê-lo. Nisso consiste a felicidade dos generosos.

Gracián, *A arte da prudência*

Qualquer que seja a sina de tuas boas ações anteriores, continua a praticá-las: as primeiras dormirão em melhores condições nas mãos dos ingratos, que a vergonha, a ocasião ou o espírito de imitação talvez torne agradecidos algum dia. Não te relaxes, conclui tua obra, desincumbe-te a fundo do papel de homem de bem. Ora por um objeto material, ora por teu crédito, ora por teu favor, ora por um conselho, ora por preceitos salutares, presta serviço. Mesmo as feras são sensíveis a um bom tratamento, e não há animal tão feroz que os cuidados não abrandem e não levem a amar aos que os prodigalizam.

Sêneca, *Dos benefícios*

Com a boa ação acontece isto: seu primeiro fruto é a consciência de tê-la realizado. Sentimos esse fruto assim que fazemos nossa dádiva chegar ao destino de acordo com nossa vontade. O segundo e o terceiro são a notoriedade e os bens que dela podem retornar em retribuição. Assim, quando uma boa ação foi recebida com prazer, aquele que a concedeu já recebeu seu saldo de reconhecimento, mas não ainda seu salário; portanto, devo-lhe o que é exterior ao benefício; quanto ao benefício em si, ao recebê-lo bem já o quitei.

Sêneca, *Dos benefícios*

Duvido que haja sentimento mais delicioso do que aquele que experimentamos quando acabamos de praticar uma ação virtuosa e que merece a estima das pessoas de bem. Ao prazer interior que as ações virtuosas causam, soma-se ainda o prazer de gozar da estima geral, pois mesmo os velhacos não podem recusar sua estima à probidade; mas apenas a estima das pessoas de bem merece ser levada em conta.

Madame du Châtelet, *Discurso sobre a felicidade*

O prazer mais delicado é causar o de outrem.

La Bruyère, *Os caracteres*

Ensina-me, tu, algum meio de tornar-me mais benfazejo e mais reconhecido para com os que me fazem o bem; de estabelecer entre os que obrigam e os obrigados uma emulação de almas que traga aos benfeitores o esquecimento, e aos devedores uma lembrança tenaz dos benefícios.

Sêneca, *Dos benefícios*

O que é pois uma boa ação? Um ato bem intencionado que proporciona alegria e dela extrai alegria ao proporcioná-la, um ato propenso e espontaneamente disposto à sua tarefa. É por isso que pouco importa o que é feito ou dado; importa apenas a disposição de espírito de quem dá. É que a boa ação não se baseia no que é feito ou dado, mas apenas nos sentimentos de quem dá ou faz.

Sêneca, *Dos benefícios*

Quanto mais o sábio dá aos outros, mais tem para si mesmo.

Lao-tsé

Quem espera o supérfluo para dar aos pobres nunca lhes dará nada.

Provérbio chinês

Quando somos felizes, somos sempre bons; mas quando somos bons nem sempre somos felizes.

Oscar Wilde, *Aforismos*

Pratiquei ato útil à comunidade? Então prestei serviço a mim mesmo. Deves ter sempre ao teu alcance esta máxima, em qualquer ocasião, e nunca abrires mão dela.

Marco Aurélio, *Meditações*

O médico no funeral

No funeral de um amigo, um médico ia repetindo às pessoas do cortejo que, se aquele homem houvesse se abstido de vinho e feito lavagens, ainda estaria vivo; até que algum dos presentes replicou-lhe: "Meu excelente homem, não é agora que devias dizer isso, quando já de nada adianta; devias ter dado teus conselhos quando ele ainda podia segui-los!"

A fábula mostra que se deve prestar socorro aos amigos quando necessitam dele, em vez de mostrar espírito quando toda esperança está perdida.

Esopo, *Fábulas*

Não te enriqueças desonestamente: as riquezas mal adquiridas são uma calamidade.

Deves amar quem te ama, procurar quem te procura, dar a quem dá, não dar a quem não dá. Damos ao homem generoso, recusamos ao parcimonioso. Dar é um bem; tomar à força é um mal e causa morte. Pois o homem que dá de bom grado, mesmo se der muito, fica feliz em dar presentes, sente a alma em júbilo; mas aquilo que nos é extorquido impudentemente, por mínimo que seja, fere-nos no coração.

Hesíodo, *Os trabalhos e os dias*

Não se deve mostrar todo o jogo já no primeiro lance.

Gracián, *A arte da prudência*

– Quem faz um benefício quer que ele seja aceito com reconhecimento; tem o que queria, se seu benefício for bem recebido.

– Mas ele esperava também algum proveito...

– Então não era um benefício: a característica do benefício é excluir todo pensamento de retribuição.

Sêneca, *Dos benefícios*

É bom dar quando vos pedem; mas é preferível dar sem que vos tenham solicitado e porque compreendestes a urgência de fazê-lo. (...)

Gostaríeis de guardar para vós uma coisa qualquer?
Um dia todos vossos bens serão distribuídos.
Portanto, dai desde já...

Khalil Gibran, *O profeta*

Tendo tudo recebido,
Deves dar, dar, dar, dar,
Dar a quem está perdido,
Dar a quem está despido.

Boris Vian, *textos e canções*

Aprender a receber

Por mais desinteressados que sejamos com relação aos que amamos, às vezes, por eles, precisamos forçar-nos e ter a generosidade de receber.

O homem que pode aceitar é o que sente um prazer tão delicado em receber quanto seu amigo sente em dar.

La Bruyère, *Os caracteres*

.5.

Quando é sábio desistir

Desistir não é forçosamente sinônimo de falta de coragem. Pode ser também uma grande sabedoria. Saber levar em conta as circunstâncias, distinguir entre o que vale a pena ser conquistado e o que não vale, aceitar sem tristeza o que é... "Um homem sábio deve saber fazer de sua própria derrota um triunfo", lembra Gracián. Não se trata de cruzar os braços ou de entregar os pontos ante a menor dificuldade, mas de não perder tempo e não se desgastar em combates vãos.

Assim, é preciso saber renunciar à juventude ou à beleza e aceitar o conselho dos anos. É preciso admitir que as coisas nem sempre acontecem como havíamos previsto e saber retirar-se do jogo, não forçosamente para perdê-lo mas para vê-lo em perspectiva. É preciso deixar os mais jovens e mais rápi-

dos tomarem a dianteira, mesmo se antes éramos nós que tomávamos a dianteira sobre os outros. Mas também é preciso aprender a renunciar aos mundanismos e preferir cercar-se de amigos fiéis, parar de correr atrás do dinheiro e ter tempo para viver... Com muita freqüência, a renúncia é um renascimento e uma libertação.

Pois deixando uma coisa encontramos forçosamente uma outra. Aceitando, avançamos. É o ponto de partida de um reencontro consigo mesmo.

É máxima de prudência que devemos deixar as coisas antes que elas nos deixem. É próprio do homem sábio saber transformar em triunfo sua própria derrota, imitando o sol, que, enquanto ainda resplandece, costuma retirar-se numa nuvem para que não o vejam baixar, e dessa forma deixa em dúvida se deitou ou não. (...) O homem sensato solta a tempo as rédeas do cavalo corredor, sem esperar até que, caindo, provoque o riso no meio da corrida. A beldade deve antecipar-se habilmente a seu espelho, quebrando-o antes que ele a desengane.

Gracián, *A arte da prudência*

Renunciando ao mundo e à fortuna, encontrei a felicidade, o sossego, a saúde, mesmo a riqueza; e, a despeito do provérbio, vejo que quem abandona o jogo ganha-o.

Chamfort, *Máximas e pensamentos*

A glória freqüentemente submete um homem de bem às mesmas provações que a fortuna; ou seja, uma e outra, antes de deixar que ele as alcance, obrigam-no a fazer ou a suportar coisas indignas de seu caráter. Então o homem intrepidamente virtuoso repele uma e outra, e envolve-se na obscuridade ou no infortúnio, e às vezes em ambos.

Chamfort, *Máximas e pensamentos*

Quando renunciamos a uma coisa inteiramente e por longo tempo, se por acaso a recuperarmos quase acreditamos estar descobrindo-a... e qual não é a felicidade de todo homem que descobre! Sejamos mais prudentes que a serpente que permanece tempo demais deitada sob o mesmo sol.

Nietzsche, *A gaia ciência*

Que faz aquele que renuncia? Aspira a um mundo superior, quer voar mais alto, mais longe que os homens de afirmação; desfaz-se de muitas coisas que tornariam pesado seu vôo, e muitas entre as muitas que não detesta, às quais tem apreço: sacrifica-as à sua sede de altura. Não vemos dele mais que esse sacrifício, esse desprendimento; é por isso que lhe damos o nome de renunciador, e é como renunciador, envolto em sua capucha, que ele se ergue diante de nós, como a própria alma de um cilício. Mas fica satisfeito com esse efeito que produz: quer esconder de nossos olhos seu desejo, seu orgulho, sua intenção de voar acima de nós... Mas sim! Ele é muito mais hábil do que pensávamos, esse homem tão polido conosco... esse afirmador! Pois é um afirmador, assim como nós, até em sua renúncia.

Nietzsche, *A gaia ciência*

Nunca digas a respeito de coisa alguma: "perdi-a"; mas sim: "devolvi-a". Teu filho morreu, ele foi devolvido. Tua mulher morreu, foi devolvida. "Minha riqueza foi-me arrebatada." Pois bem! também ela foi devolvida. "Mas quem a levou é um celerado." Que te importa por meio de quem aquele que a dera a ti reclamou-a de volta? Enquanto ele a deixar contigo, desfruta-a como a um bem alheio, como os viajantes desfrutam uma hospedaria.

Epicteto, *Manual*

A felicidade só pode pertencer a quem nada possui.

Hector Bianciotti, *O que a noite conta ao dia*

O pescador e o peixinho

Tendo lançado sua rede no mar, um pescador retirou dela um peixinho. Este suplicou ao pescador que não o levasse por enquanto, e sim que o soltasse, pois ainda era peixe miúdo; se o deixasse crescer, poderia pescá-lo novamente mais tarde e teria melhor proveito. Respondeu-lhe então o pescador: "Lorota! Seria tolice demais renunciar ao ganho, mesmo medíocre, que tenho nas mãos, com a esperança de um ganho futuro, por mais tentador que seja!"

A fábula mostra que um proveito modesto mas imediato vale mais que um proveito apenas possível, mesmo que considerável.

Esopo, *Fábulas*

O leão e a lebre

Um leão, deparando com uma lebre adormecida, ia devorá-la. Nesse momento viu passar uma corça; e para lançar-se em seu encalço deixou de lado a lebre. Despertada pelo ruído, esta fugiu. Quanto ao leão, depois de perseguir por muito tempo a corça sem conseguir alcançá-la, voltou aonde estava a lebre e constatou que também ela escapara."Bem-feito para mim, exclamou ele, pois larguei o alimento que tinha nas mãos em troca de uma esperança mais bela!"

Assim alguns homens não se contentam com ganhos moderados: perseguem esperanças mais belas, sem ver que largam o que têm nas mãos.

Esopo, *Fábulas*

Deveremos também evitar nos desgastarmos a propósito ou por causa de coisas que não valem a pena, como, por exemplo, desejar ardentemente o que não podemos obter ou, uma vez atingido o objetivo, percebermos, porém tarde demais e depois de muito suar, a futilidade de nossos desejos; como, por exemplo, realizar esforços inúteis e sem resultado ou obter um resultado desproporcional ao esforço dispendido. Com efeito, geralmente nos abatemos por não ter conseguido ou por vergonha de não ter conseguido.

Sêneca, *Da tranqüilidade da alma*

Ao saber que todos seus bens haviam afundado num naufrágio, nosso caro Zenão bradou: "A Fortuna quer que eu fique mais à vontade para filosofar."

Sêneca, *Da tranqüilidade da alma*

Adaptar-se

Lembra-te de que és como um ator fazendo o papel que o autor dramático quis dar-te: breve, se for breve; longo, se for longo. Se ele quiser que desempenhes o papel de mendigo, desempenha-o adequadamente. Faze o mesmo com um papel de coxo, de magistrado, de cidadão comum. Pois depende de ti desempenhares bem o personagem que te é atribuído; mas escolhê-lo cabe a outrem.

Epicteto, *Manual*

Lembra pois que, se julgares livre o que por natureza é servil e propriedade tua o que é alheio, serás entravado, afligido, perturbado, e culparás os deuses e os homens. Mas, se julgares teu apenas o que é teu e alheio o que de fato é alheio, ninguém nunca poderá forçar-te, ninguém te entravará; não culparás ninguém, não acusarás ninguém, nada farás a contragosto; ninguém te prejudicará; não terás inimigos, pois nada prejudicial te fará sofrer.

Epicteto, *Manual*

Há duas coisas com que devemos acostumar-nos, sob pena de achar a vida insuportável: as injúrias do tempo e as injustiças dos homens.

Chamfort, *Máximas e pensamentos*

Deves gostar do que te acontece, por duas razões. Uma, porque isso era feito para ti, correspondia a ti e de certa forma acontecia a ti, do alto, do encadeamento das mais antigas causas. A outra, porque o que acontece a cada ser em particular contribui para o bom andamento, para a perfeição e – por Zeus! – mesmo para a constância Daquele que governa a natureza universal. De fato, o universo ficaria mutilado se cortasses o que quer que fosse à conexão e consistência de suas partes, bem como de suas causas. Ora, rompes esse encadeamento, tanto quanto podes, quando ficas descontente com o que te acontece e quando, numa certa medida, o destróis.

Marco Aurélio, *Meditações*

O mundo é um palco de teatro, mas os papéis foram mal distribuídos.

Oscar Wilde, *Aforismos*

.6.

Aceitar a passagem do tempo

"O tempo é um grande mestre; ele resolve muitas coisas", dizia Corneille. De tanto correr atrás das horas e reclamar da passagem dos anos, tendemos a esquecer que o tempo é também um aliado valioso. De fato, ele nos presta grandes serviços, e não é à toa que os filósofos o citam e atribuem tanta importância aos ensinamentos que prodigaliza. Para os que sabem usá-lo bem, ele oferece mil consolações. Acalma as dores, cura os desgostos de amor, resolve muitos problemas. Oferece perspectivas, redistribui as cartas, dá esperança. Quem se adapta a ele e sabe aproveitá-lo inteligentemente leva a melhor sobre os outros. A paciência é a chave de muitos sucessos. La Fontaine pensava exatamente assim ao escrever numa de suas fábulas: "Paciência e longo tempo fazem mais que força e fúria."

Portanto, não desperdicemos nosso tempo; utilizemo-lo como se deve – para realizar-nos –, pois ele nos é limitado. Mas precisamos parar de chorar pelos dias a menos que nos restam para viver. "Amanhã é o primeiro dia do restante de tua vida", canta Etienne Daho. Pense nisso ... quando for o momento.

Está chegando o verão. Mas só chega para os que sabem esperar, tão tranqüilos e abertos como se tivessem diante de si a eternidade. Diariamente, à custa de sofrimentos que bendigo, aprendo o seguinte: *paciência* é tudo.

Rainer Maria Rilke, *Cartas a um jovem poeta*

Paciência! Com o tempo o capim se torna leite.

Provérbio chinês

A quem sabe esperar, o tempo abre todas as portas.

Provérbio chinês

Ainda que devesses viver três vezes mil anos, e mesmo três vezes dez mil anos, lembra-te porém de que cada qual perde tão-somente a vida que está vivendo e vive tão-somente a vida que está perdendo. Com isso, a vida mais longa equivale à vida mais curta.

Marco Aurélio, *Meditações*

Quem sabe esperar pelo bem que deseja não toma o caminho do desespero se ele não lhe acontece; e, ao contrário, quem deseja algo com grande impaciência dá demais de si e por isso não é suficientemente recompensado pelo sucesso.

La Bruyère, *Os caracteres*

O tempo é como um rio, um caudal violento formado de todas as coisas. De fato, tão logo uma coisa fica à vista, é arrastada; outra é trazida e também vai ser carregada.

Marco Aurélio, *Meditações*

Tudo que acontece é tão habitual e previsto quanto a rosa na primavera e os frutos no verão; assim é também com a doença, a morte, a calúnia, as ciladas e tudo o que alegra ou aflige os tolos.

Marco Aurélio, *Meditações*

Não há melhor remédio para certas desordens do quc dcixá-las correr, pois no final param por si mesmas.

Gracián, *A arte da prudência*

O arrependimento que os homens sentem pelo mau emprego do tempo que já viveram nem sempre os leva a fazer melhor uso do que lhes resta.

La Bruyère, *Os caracteres*

Há para o homem apenas três acontecimentos: nascer, viver e morrer. Ele não se sente nascer, sofre para morrer e esquece de viver.

La Bruyère, *Os caracteres*

A pontualidade é uma ladra de tempo.

Oscar Wilde, *Aforismos*

Juventude! Não há nada igual. É absurdo falar da ignorância da juventude. As opiniões às quais concedo hoje um pouco de crédito são as de pessoas muito mais jovens do que eu. Elas parecem preceder-me. A vida revelou-lhes sua mais recente maravilha.

Oscar Wilde, *Aforismos*

A ciência do passado é de grande utilidade para o futuro.

Cristina da Suécia, *Máximas*

A vida é como uma bela sinfonia que encanta e deleita mas dura muito pouco.

Cristina da Suécia, *Máximas*

Sim, é um consolo, na velhice, ter atrás de si o labor da vida. O homem mais feliz é pois aquele que percorre sua vida sem dores excessivas, seja no moral ou no físico, e não aquele a quem couberam as alegrias mais vivas ou as fruições mais intensas. Querer medir por estas a felicidade de uma existência é recorrer a uma escala errônea. Pois os prazeres são e permanecem negativos; acreditar que eles fazem alguém feliz é uma ilusão que o desejo conserva e pela qual pune a si mesmo.

Schopenhauer, *Aforismos para a sabedoria de vida*

Apenas quando chega a uma elevação é que o viajante, num relance, abarca e reconhece a totalidade do caminho percorrido, com seus desvios e curvas; da mesma forma, é apenas ao término de um período de nossa existência, às vezes da vida inteira, que reconhecemos a verdadeira conexão de nossas ações, de nossas obras e produções, sua ligação precisa, seu encadeamento e seu valor. De fato, enquanto estamos mergulhados em nossa atividade, agimos apenas de acordo com as prioridades constantes de nosso caráter, sob influência dos motivos e na medida de nossas faculdades, ou seja, por uma necessidade absoluta; fazemos num determinado momento exatamente o que naquele momento nos parece certo e adequado. Apenas a seqüência permite-nos avaliar o resultado, e unicamente o olhar lançado para trás sobre o conjunto mostra-nos o *como* e o *com quê*. Por isso, no momento em que realizamos as ações maiores, em que criamos obras imortais, não temos consciência de sua verdadeira natureza: elas nos parecem o que há de mais apropriado para nosso objetivo atual e as que melhor correspondem às nossas intenções; a única impressão que temos é a de haver feito exatamente o que era preciso fazer no momento. Apenas mais tarde, do conjunto e de seu encadeamento, é que nosso caráter e nossas faculdades ressaltam à plena luz; pelos detalhes, vemos então que havíamos seguido a única estrada verdadeira entre tantos caminhos escusos, como por inspiração e guiados por nosso gênio. Tudo que acabamos de dizer é verdade tanto na teoria como na prática e se aplica igualmente aos feitos contrários, isto é, ao mau e ao errado.

Schopenhauer, *Aforismos para a sabedoria de vida*

A raposa de ventre inchado

Uma raposa esfomeada avistara pedaços de pão e de carne que os pastores haviam deixado no oco de um carvalho. Ela entrou ali e comeu-os. Mas como sua barriga estufara e não lhe permitia mais sair, pôs-se a gemer e lamuriar. Uma outra raposa que por ali passava ouviu seus lamentos e aproximou-se para perguntar-lhe a causa. Quando ficou sabendo de sua desventura, aconselhou: "Permanece aí dentro até que voltes a ser tal como eras ao entrar; assim sairás sem problema!"

A fábula mostra que o tempo resolve as dificuldades.

Esopo, *Fábulas*

Há algumas pessoas que desejam tão ardentemente e com tanta determinação uma certa coisa que, por medo de não consegui-la, não esquecem nada do que é preciso para não consegui-la.

La Bruyère, *Os caracteres*

As coisas mais desejadas não acontecem; ou, se acontecem, não é nem na hora nem nas circunstâncias em que teriam causado extremo prazer.

La Bruyère, *Os caracteres*

A verdade chega sempre por último e bem tarde, porque tem como guia o tempo, que é coxo.

Gracián, *A arte da prudência*

Desaprovo essa mania moderna de transformar repentinamente os maus em bons. Deixem os homens colherem o que semearam.

Oscar Wilde, *Aforismos*

O sábio sabe que o norte da prudência consiste em portar-se de acordo com o momento.

Gracián, *A arte da prudência*

Repassa na memória em qual ocasião conseguiste ater-te ao que estava decidido; as raras jornadas que se realizaram como havias previsto; os momentos em que pudeste dispor de ti mesmo, em que tua fisionomia permaneceu serena e teu espírito, impávido; quais obras conseguiste realizar numa vida tão longa; o número de pessoas que pilharam tua vida contra tua vontade, sem que tenhas medido a perda; o que uma dor vã, uma alegria idiota, uma paixão, uma conversa aduladora conseguiram roubar-te; o quanto é insignificante o pouco de teus bens que te restou. Compreenderás então que morres prematuramente.

Sêneca, *Da brevidade da vida*

Se, porém, pudéssemos mostrar a cada um, à semelhança do número de anos que ele já viveu, o número de anos que lhe restam para viver, como tremeriam os que veriam quão pouco tempo lhes resta, e como administrariam com parcimônia esses anos!

Sêneca, *Da brevidade da vida*

O calendário dos dias fastos e nefastos, segundo Hesíodo

Hesíodo, poeta grego nascido na Beócia por volta do século VIII a. C., era camponês e procurava extrair uma moral da realização dos trabalhos humanos, por mais modestos que fossem. Acreditava nas virtudes do trabalho e da justiça. Seu calendário dos dias fastos e nefastos, apesar de estabelecido de acordo com o bom-senso e as crenças daquela época, lembra-nos que, dependendo de nosso humor, de nosso estado ou do período do ano, há dias mais favoráveis do que outros para empreender qualquer coisa que nos seja importante. Portanto, nada de precipitação: escolha o momento certo para agir e para contar com todos os trunfos, em vez de precipitar-se e correr o risco de fracassar.

Precisas saber reconhecer, como convém, os dias que Zeus nos envia. Ensina aos de tua casa que o dia 30 é o melhor para inspecionar os trabalhos e distribuir os víveres; é a opinião das pessoas que falam dessa questão de acordo com a verdade.

Eis como o sábio Zeus estabeleceu os dias.

O primeiro dia do mês e o dia 4 são sagrados, bem como o 7, em que Apolo do gládio de ouro nasceu de Latona.

Também os dias 8 e 9, apesar de serem particularmente favoráveis, nessa primeira parte do mês, para os trabalhos dos mortais – assim como os dias 11 e 12, ambos bons para tosar as ovelhas e para colher as searas pujantes. Aliás, o dia 12 vale muito mais que o 11: é aquele em que a a aranha aérea tece sua teia quando o dia está no início, enquanto o inseto previdente, a formiga, armazena suas provisões; é nesse dia que a mulher preparará o tear e dará andamento à sua tecelagem.

No dia 13, não inicies a semeadura; mas é um dia excelente para plantar.

O dia 16 não o é; é um bom dia para gerar um menino; mas para uma menina não convém vir ao mundo ou casar-se nesse dia.

O dia 6 também não é favorável para as meninas nascerem, mas é bom para castrar os potros e as manadas de carneiros, para cercar os currais, para gerar um menino; combinam com esse dia os gracejos, as mentiras, as palavras sedutoras, as conversas íntimas.

É no dia 8 que deves retalhar o javali e o boi de mugidos sonoros; no 12, os jumentos incansáveis.

É no dia 20, dia importante, quando horas de sol são mais longas, que se gerará um homem sábio, de inteligência sólida.

O 10 é bom para gerar um menino e o 14, uma menina. Nesse dia poderás amansar, afagando-os com a mão, os carneiros, os bois de pernas torneadas e chifres curvos, os cães de dentes aguçados, os jumentos infatigáveis.

Lembra de evitar, nos dias 24 e 4 do mês, que a tristeza te atormente, pois é um dia totalmente sagrado; é ele que devemos escolher para levar para casa uma esposa, depois de consultarmos o vôo das aves, que é o melhor auspício nessa matéria.

Acautela-te com os dias 5, 15 e 25, que são nefastos e temíveis: foi num desses dias, dizem, que as Fúrias escoltaram o Juramento vingador, filho da Luta e flagelo dos perjuros.

No dia 17 espalharás com todo cuidado, numa área bem nivelada, o trigo, dádiva sagrada de Deméter; o lenhador cortará madeira para fabricar um leito nupcial e todas as peças de que são feitos aprestos para as embarcações.

Mas é no dia 4 que se deve iniciar a construção dos navios velozes.

O 19 é favorável após o meio-dia. O 9 nada tem de pernicioso para os homens: convém para a concepção e o nascimento tanto de meninos como de meninas; é um dia inteiramente propício. Poucas pessoas sabem que 29 é o melhor dia do mês para abrir um novo cântaro de vinho, para submeter ao jugo os bois, os jumentos e os cavalos ágeis, para lançar ao mar escuro um navio rápido com numerosos bancos de remadores; pois poucas pessoas falam de acordo com a verdade.

Nos dias 4, 14 e 24 pode-se abrir um novo cântaro de vinho; 14 é um dia sagrado, mais que todos os outros; poucas pessoas sabem que o 24 é muito favorável pela manhã e bem menos à tarde.

São esses os dias importantes para os habitantes da terra; os dias intermediários são indiferentes, sem influência. As pessoas levam em conta às vezes uns, às vezes outros, mas poucas entendem do assunto; ora, um certo dia é uma madrasta, um outro é uma mãe.

Feliz pois, e abençoado pela sorte, o homem que trabalha de posse desses conhecimentos e que, consultando os áuspices, abstendo-se de todo e qualquer ato ilegítimo, permanece irrepreensível perante os Imortais!

Hesíodo, *Os trabalhos e os dias*

.7.

Saber corrigir os próprios erros

Temos dificuldade em reconhecer nossos erros e admitir que estávamos enganados. Nesse caso, preferimos revestir-nos de uma falsa dignidade e negar a falta, como se fosse vergonhoso declarar que erramos. Mas essa peculiaridade profundamente humana leva à má-fé, cria conflitos e – temos de confessar – não nos deixa muito orgulhosos de nós mesmos.

Entretanto, como lembra Chateaubriand, "quem tem medo de arrepender-se não colhe fruto de seus erros". Nada é pior do que um passo em falso cuja lição não aprendemos. É proveitoso enganar-se para compreender e avançar. Todos sabemos que os fracassos preparam os sucessos.

A experiência não tem o menor valor ético; é simplesmente o nome que o homem dá a seus erros.

Oscar Wilde, *Aforismos*

Facilmente criticamos os defeitos dos outros, mas raramente nos servimos deles para corrigir os nossos.

La Rochefoucauld, *Máximas*

Em nossos dias, a maioria das pessoas morrem por uma espécie de bom senso rasteiro e descobrem tarde demais que os erros são a única coisa que nunca lamentamos.

Oscar Wilde, *Aforismos*

Quem tem medo de arrepender-se não colhe fruto de seus erros.

Chateaubriand, *Miscelâneas políticas*

Um erro não é um erro,
Dois erros fazem um erro,
Nada fazer é um erro.

Anônimo

Se alguém puder convencer-me e provar-me que estou pensando ou agindo mal, ficarei feliz em corrigir-me. Pois procuro a verdade, que nunca causou dano a ninguém. Mas prejudica a si mesmo aquele que persiste no erro e na ignorância.

Marco Aurélio, *Meditações*

Não vivemos o suficiente para tirar proveito de nossos erros. Cometemo-los durante todo o decurso da vida; e tudo o que podemos fazer à força de errar é morrer corrigidos. Nada acalma tanto como ter sabido evitar uma tolice.

La Bruyère, *Os caracteres*

Para o homem há apenas uma infelicidade real: apanhar-se em erro e ter algo a censurar em si mesmo.

La Bruyère, *Os caracteres*

Quem acarinha seu erro não quer conhecê-lo.

Corneille, *Polieucto*

As grandes épocas de nossa vida são aquelas em que finalmente encontramos coragem para chamar de "o melhor em nós" aquilo que chamávamos de "nosso lado mau".

Nietzsche, *Além do bem e do mal*

Quando ensinamos bem nossa consciência, ela nos beija ao mesmo tempo que nos morde.

Nietzsche, *Além do bem e do mal*

. 8 .

Decidir

Esse é um passo difícil. De fato, nada é mais delicado do que tomar um partido, uma decisão, escolher o campo, quando às vezes seria mais simples e mais cômodo refugiar-se numa prudente neutralidade. Entretanto, por mais doloroso que seja, é decidindo que o homem se constrói. Todos já tivemos oportunidade de comprovar que, quando estamos incertos, hesitantes, indecisos, sentimo-nos desconfortáveis. Se ter vagar para decidir é prudente, não decidir geralmente é indício de uma fraqueza do caráter. Porém, uma vez tomada a decisão, sentimo-nos aliviados, libertos. O horizonte aclara-se e nossa vida simplifica-se.

"Toda escolha supõe exéquias", escreve Bossuet. É justamente isso que nos atormenta: escolher é uma renúncia. No *entanto, para os que têm dificuldade em tomar partido, podemos lembrar que nada é definitivo e que sempre podemos... mudar de idéia.*

Dizia Descartes que a indecisão é o pior dos males.

Alain, *Considerações sobre a felicidade*

Em toda ação, deves examinar-lhe os antecedentes e os conseqüentes, e só então empreendê-la. Se não o fizeres, no início estarás cheio de ardor, porque não pensaste no que vem em seguida; porém mais tarde, quando certas dificuldades aparecerem, desistirás vergonhosamente.

Epicteto, *Manual*

Deve-se querer intensamente tudo o que se quer.

Cristina da Suécia, *Máximas*

Negar, acreditar e duvidar são para o homem o que correr é para o cavalo.

Pascal, *Pensamentos*

Se não for conveniente, não o faças; se não for verdade, não o digas. Que a decisão provenha de ti.

Marco Aurélio, *Meditações*

Se não fizerdes de vossa vida um objetivo, fareis dela uma prisão.

Anônimo

Não voamos por nossa fortuna com as mesmas asas com que voamos por coisas frívolas e de fantasia. Há um sentimento de liberdade em seguirmos nossos caprichos e, ao contrário, de servidão em correr por nossa realização: é natural desejá-la muito e trabalhar pouco por ela, nos julgarmos dignos de encontrá-la sem havê-la procurado.

La Bruyère, *Os caracteres*

É difícil determinar se a irresolução torna o homem mais infeliz do que desprezível; da mesma forma, se há mais inconveniente em tomar um mau partido do que em não tomar partido algum.

La Bruyère, *Os caracteres*

Fazemos sem saber o que somos; em seguida, somos o que fazemos.

Hector Bianciotti, *O que a noite conta ao dia*

Não lamentar o passado

Quem fica se voltando para seu passado não merece pensar num futuro.

Oscar Wilde, *Aforismos*

Ter saudade do que amamos é um bem, se comparado a viver com o que detestamos.

La Bruyère, *Os caracteres*

Ninguém restaurará teus anos, ninguém te devolverá uma segunda vez a ti mesmo.

Sêneca, *Da brevidade da vida*

Queres saber agora a que ponto a vida deles é curta? Olha como gostariam de viver muito tempo. Velhos decrépitos, em suas preces, mendigam um mísero suplemento de anos; fazem-se passar por menos idosos do que são; com essa mentira, adulam-se e iludem-se de tão bom grado como se simultaneamente enganassem o destino. Na verdade, tão logo alguma debilitação da saúde chama-os de volta à sua condição de mortais, morrem numa espécie de pavor, menos como se saíssem da vida do que se fossem arrancados dela. Berram que foram estúpidos de não haver vivido e que, se agora conseguirem superar seu mal, viverão em saudável recolhimento; pensam então em como acumularam inutilmente coisas de que não terão tirado proveito, como todo seu labor terá desembocado no vazio.

Sêneca, *Da brevidade da vida*

Ainda mesmo que uma boa ação nos tornasse infelizes por todo o resto da vida, nunca deveríamos arrepender-nos de havê-la feito.

Cristina da Suécia, *Máximas*

Perante um fato infeliz, já acontecido e do qual portanto nada podemos mudar, não devemos entregar-nos sequer ao pensamento de que poderia ter sido diferente, e menos ainda refletir sobre o que poderia tê-lo desviado; pois isso é o que leva a degradação da dor até o ponto em que ela se torna insuportável e faz do homem um carrasco de si mesmo. Façamos antes como o rei Davi, que com suas orações e súplicas assediava incansavelmente Jeová durante a doença do filho e que, quando este morreu, deu uma pirueta estalando os dedos e simplesmente não pensou mais naquilo. Quem não tiver o espírito bastante leve para comportar-se assim deve refugiar-se no terreno do fatalismo e compenetrar-se desta alta verdade: tudo que acontece acontece necessariamente, e portanto inevitavelmente.

Schopenhauer, *Aforismos para a sabedoria de vida*

. Segunda parte .

Serenidade no convívio com os outros

. 1 .

O amor

"Que é pois o amor, se não é compreender-se, e alegrar-se ao ver uma outra pessoa viver...", indaga Nietzsche. Todos sonhamos amar, ser amados. Idealizamos esse sentimento que é nossa razão de viver. Talvez seja por isso que temos tanta dificuldade para encontrá-lo e concretizá-lo. Amar é a coisa mais simples e mais complicada do mundo. Mas é também um sentimento que pode levar às devastações da paixão, do ciúme, a dilaceramentos e feridas, às vezes irremediáveis. Ama-se sempre mal quando se ama para si. Ama-se um pouco melhor quando se ama o outro pelo que é. O amor é uma doação de si, lembram os filósofos. Que importa se ele torna feliz ou infeliz, pois o que seria a vida sem amor? escreveu a poetisa Marceline Desbordes-Valmore. Mais vale sofrer do que não amar.

Mas o amor é também ser benevolente para com os outros – parentes, amigos, pessoas de nossas relações. Compreender, aceitar, perdoar, tudo isso também é amar.

Sobre a necessidade de amar

Ama e faze o que quiseres.

Santo Agostinho

Quem não ama permanece na morte.

São João

Não ser de vidro no trato. (...) Quem ama verdadeiramente tem metade da natureza do diamante no durar e no resistir.

Gracián, *A arte da prudência*

A alma deve fluir
Como um límpido rio;
A alma deve fluir,
Amar! E morrer.

Marceline Desbordes-Valmore, "A sincera"

Como é doce ser amado! essa crença íntima
Dá a tudo um certo ar de encantamento.

Marceline Desbordes-Valmore, "Elegia"

Quando o amor vos acenar, deveis segui-lo,
Mesmo que seus caminhos sejam ásperos e árduos.
E quando vos envolver com as asas, cedei-lhe,
Mesmo se vos ferir a espada oculta em suas plumas.

Khalil Gibran, *O profeta*

O que é feito por amor sempre se cumpre além do bem e do mal.

Nietzsche, *Além do bem e do mal*

A amor revela as qualidades superiores e ocultas da pessoa que ama, o que ela tem de raro, de excepcional. É por isso que facilmente engana sobre o que ela tem de comum.

Nietzsche, *Além do bem e do mal*

Isso não acontece apenas com a música: também foi assim que aprendemos a amar tudo que amamos. Nossa boa vontade, nossa paciência, nossa equanimidade, nossa doçura para com as coisas que nos são novas acabam sempre por ser recompensadas, pois as coisas, pouco a pouco, vão se despojando de seus véus e apresentam-se a nós como belezas indescritíveis: é o agradecimento por nossa hospitalidade. Quem ama a si mesmo aprende a fazê-lo seguindo um caminho idêntico: é o único que existe. Também o amor deve ser aprendido.

Nietzsche, *A gaia ciência*

O amor é um sentimento que, para parecer honesto, precisa ser composto apenas de si mesmo, viver e subsistir apenas por si.

Chamfort, *Máximas e pensamentos*

Se existe um amor puro e isento da mescla de nossas outras paixões, é o que está oculto no fundo do coração e que nós mesmos ignoramos.

La Rochefoucauld, *Máximas*

O amor aquece, ilumina, traz humildade, purifica, separa, une a seu único objeto; tão logo amamos, tudo está feito.

Cristina da Suécia, *Máximas*

Quem rega no coração a planta do amor
Não tem na vida um único dia inútil.

Omar Khayyam, *Quadras*

Perguntas se o amor te fará ditosa;
Assim promete, mesmo por um dia.
Ah! por um só dia de vida amorosa,
Se a vida é o amor, quem não morreria? (...)

Sem ele o coração é um lar sem chama;
Queima tudo, meigo envenenador.
Digo que ele rasga a alma de quem ama,
E me perguntas se há ventura no amor! (...)

Já sentido, sua ausência é castigo;
Quando ele volta, tremes temerosa;
Muitas vezes, traz a morte consigo;
Porém... sim, o amor te fará ditosa!

Marceline Desbordes-Valmore, "O amor"

É uma felicidade amar, e dizê-lo é uma felicidade.

Marceline Desbordes-Valmore,"A noite de inverno"

Um belo rosto é o mais belo de todos os espetáculos; e a harmonia mais doce é o som da voz daquela que amamos.

La Bruyère, *Os caracteres*

Sobre a constância dos sentimentos

O amor infiel não é o amor livre; é o amor descuidoso, o amor renegado, o amor que esquece ou detesta o que amou e que assim esquece ou detesta a si mesmo.

André Comte-Sponville, *Pequeno tratado das grandes virtudes*

Felicidade é ter alguém a quem perder.

Philippe Delerm, *Felicidade: quadros e conversas*

O verdadeiro amor nada pretende além de amar.

Cristina da Suécia, *Máximas*

O amor subsiste sempre, seja ele feliz ou infeliz.

Cristina da Suécia, *Máximas*

Somos como é nosso amor.

Cristina da Suécia, *Máximas*

Só há uma espécie de amor, mas há mil diferentes cópias dele.

La Rochefoucauld, *Máximas*

Só se vê bem com o coração; o essencial é invisível para os olhos.

Antoine de Saint-Exupéry, *O pequeno príncipe*

Se julgarmos o amor pela maioria de seus efeitos, ele se assemelha mais ao ódio do que à amizade.

La Rochefoucauld, *Máximas*

Assim como o fogo, o amor não pode subsistir sem um movimento contínuo; e deixa de viver tão logo deixa de esperar ou de temer.

La Rochefoucauld, *Máximas*

O amor nasce bruscamente, sem mais reflexão, por temperamento ou por fraqueza: um toque de beleza fixa-nos, determina-nos. A amizade, ao contrário, forma-se pouco a pouco, com o tempo, com a prática, com um longo convívio. Quanto espírito, bondade de coração, apego, gentilezas e complacência nos amigos, para fazer em vários anos bem menos do que às vezes faz num momento um belo rosto ou uma bela mão!

La Bruyère, *Os caracteres*

Amamos bem apenas uma vez: a primeira; os amores seguintes são menos involuntários.

La Bruyère, *Máximas*

O amor que nasce subitamente é que mais demora para sarar.

La Bruyère, *Máximas*

Esta manhã pensei em trazer-te umas rosas;
Mas no cinto atei tantas, e tão perfumosas
Que assim desatinei-lhe as amarras zelosas.

Desataram-se os nós. E as rosas a voar
Envoltas pelo vento, pousaram no mar.
Roubadas pelas águas, nunca vão voltar.

O mar enrubesceu num incêndio encarnado.
Já é noite, e meu traje ainda está perfumado.
Vem respirar em mim esse rastro encantado!

Marceline Desbordes-Valmore, "As rosas de Saadi"

–Vou te amar a vida toda – digo.
Ela se volta para a parede e responde apenas:
– Basta que me ames todos os dias.

Danniel Pennac, *A pequena mercadora de prosa*

Amar alguém mais do que lhe é necessário é amar pouco.

Cristina da Suécia, *Máximas*

Mil coisas podem impedir-nos de possuir o objeto de nossos desejos; mas nada pode impedir-nos de amá-lo.

Cristina da Suécia, *Máximas*

Nem sempre amamos o que estimamos, mas sempre estimamos o que amamos.

Cristina da Suécia, *Máximas*

Deveríamos estar apaixonados sempre. É por isso que nunca deveríamos casar.

Oscar Wilde, *Aforismos*

Perdoamos tanto quanto amamos.

La Rochefoucauld, *Máximas*

Não me escrevas; estou triste, quero apagar-me.
Os belos verões sem ti são como o amor sem a chama.

Não mostres a água viva a quem não a pode alcançar,
E bater à porta de meu coração é bater a um túmulo.

Marceline Desbordes-Valmore, "Não escrevas"

É impossível amar uma segunda vez o que realmente se deixou de amar.

La Rochefoucauld, *Máximas*

Há uma certa espécie de amor cujo excesso impede o ciúme.

La Rochefoucauld, *Máximas*

.2.

A amizade

Um amigo é alguém a quem podemos telefonar no meio da noite para confiar-lhe nossos estados de alma, alguém que vem em socorro sem fazer perguntas e oferece um ombro compreensivo, alguém a quem podemos dizer tudo e que não julga. Ele compartilha de nossos momentos de alegria e de tristeza, reconforta e acalma... O amigo é aquele que compreende, que se alegra quando estamos felizes e que chora conosco quando estamos infelizes.

Um verdadeiro amigo se reconhece também pela franqueza. É aquele que ousa dizer-nos o que ninguém diz, que nos sacode, que nos recoloca em nosso lugar, nos diz a verdade, e que tem razão de fazê-lo. De um amigo devemos aceitar tudo. É um cúmplice, um aliado, um ponto de referência. Ter um amigo é dois irmãos ou duas irmãs terem se escolhido.

"Porque era ele; porque era eu", escreveu Montaigne a respeito de La Boétie.

Não importa se às vezes o tempo, a distância, os novos rumos afastam os amigos e diluem a amizade. De um amigo temos de aceitar que se distancie, assim como havíamos aceitado que viesse a nós. Não tem importância: o fio não é rompido.

É por isso que nunca esquecemos os amigos. Guardamos na memória as amizades da infância, as cumplicidades da adolescência. Amamos os amigos de ontem que hoje ainda estão aqui. Apreciamos os novos, sem esquecer os antigos. E podemos acreditar nesta frase de Voltaire: "Todas as grandezas deste mundo não valem um bom amigo."

Ter um amigo

Se conhecêssemos o valor de um verdadeiro amigo, passaríamos a vida procurando-o.

Montesquieu, *Elogio da sinceridade*

Não há deserto igual ao de viver sem amigos. A amizade multiplica os bens e divide os males; é o único remédio contra a sorte adversa, um desafogo para a alma.

Gracián, *A arte da prudência*

Mais vale saber conservar os amigos do que os haveres.

Gracián, *A arte da prudência*

Entre as coisas de que a sabedoria se provê para a felicidade da vida inteira, a mais importante é indiscutivelmente a posse da amizade.

Epicuro, *Sentenças vaticanas*

Ninguém é tão perfeito que não necessite de conselho. É tolo incurável quem não escuta. O homem mais inteligente deve dar espaço para a opinião amigável; mesmo a soberania não deve excluir a docilidade. (...) Um amigo deve ter liberdade de falar e mesmo de censurar; o alto conceito sobre sua fidelidade e sensatez deve dar-lhe essa autoridade. Mas é preciso que tal familiaridade não seja comum a todos; basta teres em zeloso recato o fiel espelho de um confidente a quem agradeças e estimes quando te corrige para desenganar-te.

Gracián, *A arte da prudência*

A amizade extrema e delicada freqüentemente se magoa com o retraimento de uma rosa.

Chamfort, *Máximas e pensamentos*

O tempo, que fortalece as amizades, enfraquece o amor.

La Bruyère, *Os caracteres*

É suficiente para cada qual um amigo fiel; é mesmo muito tê-lo encontrado: não podemos ter demasiados, para prestar serviço aos outros.

La Bruyère, *Os caracteres*

A amizade dança em torno do mundo habitado, a todos proclamando que precisamos despertar para louvar nossa ventura.

Epicuro, *Sentenças vaticanas*

Toda amizade é por si mesma uma virtude, mas tem sua origem na utilidade.

Epicuro, *Sentenças vaticanas*

Um verdadeiro amigo é o maior de todos os bens, e de todos o que menos pensamos em conquistar.

La Rochefoucauld, *Máximas*

Poucas pessoas têm coragem suficiente para dar conselhos desagradáveis.

Cristina da Suécia, *Máximas*

O maior efeito da amizade não é mostrar a um amigo nossos defeitos; é fazê-lo ver os dele.

La Rochefoucauld, *Máximas*

Entretanto nada seduz tanto a alma quanto uma amizade leal e terna. Como é bom encontrar a alma irmã capaz de acolher, com toda segurança, qualquer segredo que seja, de inspirar-nos mais confiança do que temos em nós mesmos, cujas palavras abrandam nossa angústia, cuja opinião nos ajuda a decidir, cuja vivacidade dissipa nossa apatia, cuja simples visão nos enche de júbilo! Obviamente, escolheremos nossos amigos tão isentos de paixões quanto possível, pois o mal se move sorrateiramente, contamina o que o cerca e é facilmente contagioso.

Sêneca, *Da tranqüilidade da alma*

A amizade verdadeira, a amizade sincera, pressupõe que um tem na felicidade e infelicidade do outro uma participação enérgica, puramente objetiva e totalmente desinteressada; e essa participação, por sua vez, pressupõe uma identificação real do amigo com seu amigo. O egoísmo da natureza humana é tão oposto a esse sentimento que a verdadeira amizade faz parte daquelas coisas que, como a respeito da grande serpente marinha, ignoramos se pertencem à fábula ou se existem em algum lugar.

Schopenhauer, *Aforismos para a sabedoria de vida*

Não negligenciar os amigos

Na boa fortuna prepara-se a má.

É conveniente fazer no verão provisão para o inverno, e mais cômodo: estão baratos então os favores, há abundância de amizades. É bom guardar para o mau tempo, pois a adversidade é cara e tem penúria de tudo. Que haja uma reserva de amigos e agradecidos, pois algum dia se dará apreço ao que agora não se valoriza. O homem rude nunca tem amigos na prosperidade, porque os desconhece; na adversidade, porque desconhecem a ele.

Gracián, *A arte da prudência*

As amizades reatadas requerem mais cuidados do que as que nunca foram rompidas.

La Bruyère, *Os caracteres*

Não podemos ir longe na amizade se não estivermos dispostos a perdoar-nos mutuamente os pequenos defeitos.

La Bruyère, *Os caracteres*

A um rei nada falta, exceto as doçuras de uma vida privada; de uma perda tão grande ele só pode ser consolado pelo encanto da amizade e pela fidelidade de seus amigos.

La Bruyère, *Os caracteres*

O que nos torna tão inconstantes em nossas amizades é o fato de ser difícil conhecer as qualidades da alma e fácil conhecer as do espírito.

La Rochefoucauld, *Máximas*

A reconciliação com nossos inimigos é tão-somente desejo de melhorar nossa situação, cansaço da guerra e temor de algum mau resultado.

La Rochefoucauld, *Máximas*

Entretanto, devemos evitar principalmente as pessoas tristonhas, que estão sempre se queixando, que agarram a menor oportunidade para lamentar-se. Mesmo leal e benevolente, um companheiro insatisfeito consigo e que lamuria por qualquer motivo é inimigo de nossa tranqüilidade.

Sêneca, *Da tranqüilidade da alma*

A distância e a ausência prolongada prejudicam qualquer amizade, embora não nos agrade admiti-lo. As pessoas que não vemos, mesmo sendo nossos amigos mais queridos, vão se evaporando insensivelmente com a marcha do tempo, até o estado de noções abstratas; isso faz que nosso interesse por elas se torne cada vez mais uma questão de razão, de tradição, por assim dizer. O sentimento vivo e profundo fica reservado àqueles que temos ante nossos olhos, mesmo que sejam tão-somente animais que amamos.

Schopenhauer, *Aforismos para a sabedoria de vida*

É sempre doloroso deixar as pessoas que houvermos conhecido apenas por um breve momento. Podemos aceitar com serenidade a ausência de amigos de longa data. Mas é quase insuportável vermo-nos separados, ainda que momentaneamente, de alguém que apenas acaba de ser-nos apresentado.

Oscar Wilde, *Aforismos*

Devemos buscar a boa vontade daqueles a quem queremos bem, mais que daqueles de quem esperamos algum bem.

La Bruyère, *Os caracteres*

Devemos considerar em nossos amigos unicamente a virtude que nos torna apegados a eles, sem analisarmos sua boa ou má fortuna; e, ainda que nos sintamos capazes de segui-los na desgraça, devemos cultivá-los corajosamente e com confiança até mesmo em sua maior prosperidade.

La Bruyère, *Os caracteres*

Desconfiar dos falsos amigos

Há a amizade e há também a ilusão de amizade. É melhor evitar as pessoas ambíguas, inconstantes, hipócritas. Ser amigo de alguém "flutuante" é como construirmos nossa casa num terreno movediço. Quando os alicerces não são sólidos, a primeira tempestade arrasa tudo. Portanto, aprendamos a reconhecer um verdadeiro amigo. Há indícios que não enganam...

Os viajantes e a ursa

Dois amigos iam juntos por um caminho. De repente surgiu uma ursa. Um deles subiu a toda pressa numa árvore, onde se escondeu; o outro, quando estava para ser agarrado, deixou-se cair por terra e fingiu-se de morto. A ursa aproximou dele o focinho e foi cheirando-o inteiro – e nosso homem a prender a respiração (pois dizem que ursos não se interessam por cadáveres). Quando ela se afastou, seu compadre, depois de descer da árvore, quis saber o que a ursa lhe murmurara ao ouvido. "Para eu não viajar mais com amigos que fraquejam diante do perigo", respondeu o outro.

A fábula mostra que na prova das horas difíceis é que se reconhecem os verdadeiros amigos.

Esopo, *Fábulas*

Quantos amigos, quantos parentes nascem numa noite para o novo ministro! Uns fazem valer suas antigas ligações, sua convivência de estudos, os direitos de vizinhança; outros folheiam a genealogia, remontam até um trisavô, recordam o lado paterno e o materno. Querem agarrar-se a esse homem por algum ponto; e no dia em que o conseguem dizem várias vezes, e gostariam de imprimi-lo: "Ele é meu amigo e estou muito contente com sua ascensão; devo tomar parte nisso, sou suficientemente chegado a ele." Homens vãos e devotados à fortuna, insípidos cortesãos, acaso faláveis assim oito dias atrás? Acaso desde então ele se tornou mais homem de bem, mais digno da escolha que o príncipe acaba de fazer? Estáveis aguardando essa circunstância para conhecê-lo melhor?

La Bruyère, *Os caracteres*

Tratar sempre com pessoas zelosas de seus deveres. Podemos comprometer-nos com elas, e comprometê-las; seu dever é sua melhor caução, mesmo quando estamos em atrito com elas, pois agem sempre de acordo com o que são; e mais vale lutar contra pessoas de bem do que triunfar sobre pessoas desonestas. Com a ruindade não há bom trato, porque não se acha obrigada à integridade; assim, entre pessoas ruins nunca há verdadeira amizade nem é de lei a fineza, porque não têm compromisso com a honra. Devemos sempre fugir do homem que não a tem, pois quem não a valoriza não valoriza a virtude; a honra é o trono da retidão.

Gracián, *A arte da prudência*

O que os homens denominaram amizade não é mais que uma sociedade, um acerto recíproco de interesses e uma troca de bons serviços; enfim, não passa de um comércio em que o amor-próprio sempre se propõe a ganhar algo para si.

La Rochefoucauld, *Máximas*

Devemos temer mais aqueles que amamos do que aqueles que odiamos.

Cristina da Suécia, *Máximas*

O cabreiro e as cabras selvagens

Um cabreiro que estava levando pastar suas cabras percebeu que cabras selvagens haviam se juntado a elas;

à noite, decidiu levar todas para sua caverna. No dia seguinte, como uma violenta tempestade o impedisse de conduzi-las ao pasto como de costume, cuidou delas na caverna: às que eram suas, deu apenas o necessário para não passarem fome; às que não eram, proporcionou uma ração mais substancial, com a intenção de apropriar-se delas. Quando voltou a fazer tempo bom, levou todas à pastagem; então as cabras selvagens correram em fuga para as colinas. Como ele as censurasse pela ingratidão, abandonando-o depois de gozar de um tratamento favorecido, as cabras viraram-se e deram-lhe esta resposta: "Uma razão a mais para ficarmos de sobreaviso; pois, se nos preferiste a teu rebanho de sempre, sendo que só nos conhecias desde ontem, é evidente que, se novas cabras vierem juntar-se a ti, darás mais importância a elas que a nós."

A fábula mostra que não devemos alegrar-nos com a amizade de indivíduos que dão preferência a nós, recém-chegados, e não a seus antigos amigos. Pensemos que, com o tempo, se eles vierem a fazer novas amizades, darão mais importância a elas que à nossa.

Esopo, *Fábulas*

O homem e o sátiro

Contam que era uma vez um homem que fizera amizade com um sátiro. Chegando o inverno, como o tempo estava gelado, o homem levou as mãos à boca para soprar nelas; ao sátiro, que lhe perguntou a razão disso, explicou que estava aquecendo as mãos por causa do frio. Mais tarde, arrumaram-lhes uma mesa onde comerem. Como a comida estava quente demais, o homem cortava-a em pedacinhos, aproximava-a dos lábios e soprava. Novamente o sátiro perguntou o motivo disso; o homem respondeu que estava esfriando sua comida porque estava quente demais."Pois bem, camarada! Estou encerrando nossa amizade, pois com a mesma boca sopras calor e frio", concluiu o sátiro.

Também nós devemos evitar a amizade de pessoas cuja atitude for ambígua.

Esopo, *Fábulas*

A amizade segundo Montaigne

Montaigne tem vinte e cinco anos quando, em 1558, conhece aquele que se tornará seu único e especial amigo, Etienne de La Boétie. Entre os dois homens criam-se laços de uma grande fraternidade. Infelizmente, essa amizade fora do comum termina prematuramente em 1563, com a morte inesperada e chocante de La Boétie. Montaigne sofre profundamente com esse desaparecimento. Em textos magníficos, prestará homenagem ao amigo ausente. Neles percebemos a saudade dessa amizade interrompida antes da hora, além de uma certa forma de culpa que aquele que continua vivo sente com re-

lação a quem não existe mais. "Parece-me que lhe estou roubando sua parte", escreve Montaigne.

De resto, o que costumamos chamar de amigos e amizades são apenas contatos e convivências entabulados devido a alguma circunstância ou conveniência que mantém juntas nossas almas. Mas na amizade de que falo, elas se mesclam e se confundem uma na outra, numa fusão tão total que apagam e não mais encontram a costura que as uniu. Se me pressionarem para dizer por que o amava, sinto que isso só pode ser expresso respondendo: "Porque era ele; porque era eu."

Montaigne, *Da amizade*

Procurávamo-nos antes de nos termos conhecido, e por informações que ouvíamos um sobre o outro, e que causavam em nossa afeição mais efeito do que é razoável atribuir a informações – creio que por alguma ordem do céu; abraçávamo-nos por nossos nomes. E em nosso primeiro encontro, que aconteceu por acaso em uma grande festa pública e em numerosa companhia, vimo-nos tão ligados, tão conhecidos, tão comprometidos mutuamente que desde então nada nos foi tão próximo como um para com o outro.

Montaigne, *Da amizade*

Pois, na verdade, se eu comparar todo o restante de minha vida – embora, pela graça de Deus, a tenha passado agradavelmente, com conforto e, exceto pela perda de um tal amigo, isenta de aflição grave, cheia de tranqüilidade de espírito, tendo me contentado com meus privilégios naturais e originais, sem procurar outros –, afirmo que, se comparar toda ela com os quatro anos em que pude desfrutar da doce companhia e convivência desse indivíduo, ela é apenas fumaça, é apenas uma noite escura e tediosa. Desde o dia em que o perdi, não faço mais que me arrastar apático; e mesmo os prazeres que me surgem, em vez de consolar-me redobram a tristeza de sua perda. Participávamos a meias de tudo; agora parece-me que lhe estou roubando sua parte.

Montaigne, *Da amizade*

.3.

Compreender os outros

Apesar do que diz Jean-Paul Sartre, nem sempre o inferno são os outros. Embora as relações humanas sejam uma mecânica complexa que requer um longo aprendizado e uma não menos longa prática, sempre temos muito a aprender no convívio com os outros. Mostramos uma tendência excessiva para fazer julgamentos lapidares sobre as pessoas que nos cercam, sejam elas próximas ou distantes de nós. No entanto, há um modo muito simples de compreendê-las: colocarmo-nos em seu lugar. "Antes de julgar uma pessoa, deves caminhar durante três luas usando seus mocassins", diz um provérbio indígena rico de sentido.

Pois o ideal consistiria em sermos tão indulgentes com os outros quanto o somos conosco. Aceitar suas manias, seus defeitos, suas indiscrições. E além disso, acaso temos certeza total de estarmos isentos de críticas? Será que não temos alguma responsabilidade pelas atitudes que os outros assumem para conosco? "O assassinado não é inocente de seu próprio assassinato", afirma Kalil Gibran.

Para meditar, não é mesmo?

Exatamente como respeitamos os modos de ser que nos são próprios, quer tenham valor e os homens os invejem ou não, assim também devemos respeitar os de nossos próximos, se forem suficientemente próximos.

Epicuro, *Sentenças vaticanas*

Toda coisa tem duas alças: uma por onde se pode levá-la, a outra por onde não se pode. Se teu irmão tem defeitos, não o tomes pelo lado onde ele tem defeitos; seria a alça por onde nada se pode levar. Toma-o antes pelo outro lado, lembrando que ele é teu irmão, que foi alimentado contigo, e tomarás a coisa por onde podes levá-la.

Epicteto, *Manual*

Que um homem tenha a força de ser sincero e vereis uma certa coragem infundida em todo seu caráter, uma independência geral, um domínio de si igual ao que ele exerce sobre os outros, uma alma isenta das nuvens do temor e do terror, um amor pela virtude, um ódio pelo vício, um menosprezo pelos que a este se entregam. De um tronco tão nobre e tão belo só podem nascer ramos de ouro.

Montesquieu, *Elogio da sinceridade*

Os homens são como crianças que adquirem maus modos quando as mimamos; por isso não devemos ser demasiado indulgentes nem demasiado amáveis com ninguém. Assim como geralmente não perderemos um amigo por recusar-lhe um empréstimo mas antes por concedê-lo, assim também não o perderemos por causa de uma atitude altiva e de um pouco de negligência, mas sim por um excesso de amabilidade e de solicitude; ele então se torna arrogante, insuportável, e a ruptura não tarda a ocorrer. O que os homens não podem absolutamente suportar é a idéia de que precisamos deles; a ela sempre se seguem inevitavelmente a arrogância e a presunção.

Schopenhauer, *Aforismos para a sabedoria de vida*

Quando suspeitardes que alguém está mentindo, deveis simular credulidade; então ele se torna desavergonhado, mente mais, é desmascarado. Se, ao contrário, observardes que ele deixa escapar parte de uma verdade que gostaria de dissimular, fazei-vos de incrédulo, para que, provocado pela contradição, ele ponha à mostra toda a reserva, e então a verdade aparecerá por inteiro.

Schopenhauer, *Aforismos para a sabedoria de vida*

Uma outra fonte de felicidade é ser isento de preconceitos, e cabe apenas a nós desfazermo-nos deles. Temos todos a porção de inteligência necessária para examinar as coisas em que nos querem obrigar a crer; para saber, por exemplo, se dois mais dois são quatro ou cinco; aliás, neste século não nos faltam recursos para nos instruirmos.

Madame du Châtelet, *Discurso sobre a felicidade*

Como tens te comportado até hoje para com os deuses, com teus parentes, teus irmãos, tua mulher, teus filhos, teus mestres, teus governantes, teus amigos, teus familiares, teus serviçais? Será que, até hoje e para com todos, tens te comportado de acordo com este princípio: "Não fazer mal a ninguém e nada dizer de mau"?

Marco Aurélio, *Meditações*

Ele se lembra também de que todos os seres racionais são parentes e que amar a todos os homens está de acordo com a natureza do homem; que não se deve levar em conta a opinião da multidão, mas apenas a dos que vivem de acordo com a natureza.

Marco Aurélio, *Meditações*

As perguntas nunca são indiscretas; as respostas às vezes o são.

Oscar Wilde, *Aforismos*

Nossos dias são breves demais para que endossemos as tristezas dos outros. Cada homem vive sua própria vida e paga pessoalmente o preço por ela. Entretanto, é lamentável que tenhamos de pagar tão repetidamente por cada erro. Na verdade, estamos continuamente pagando e pagando de novo. Em seu comércio com os seres humanos, o destino nunca encerra suas contas.

Oscar Wilde, *Aforismos*

Ser bom é estar em harmonia consigo mesmo. Discórdia é ser forçado a estar em harmonia com outros.

Oscar Wilde, *Aforismos*

Os que vão abaixo da superfície das coisas fazem-no assumindo os riscos disso.

Oscar Wilde, *Aforismos*

Quando punimos, nem sempre nos fazemos temer; mas, quando não punimos, sempre nos fazemos menosprezar.

Cristina da Suécia, *Máximas*

Há pessoas para quem os segredos pesam como um fardo.

Cristina da Suécia, *Máximas*

Todos nós temos força suficiente para suportar os males de outrem.

La Rochefoucauld, *Máximas*

Confessamos nossos defeitos para, com nossa sinceridade, reparar o dano que eles nos causam no espírito dos outros.

La Rochefoucauld, *Máximas*

Nada é tão contagioso quanto o exemplo, e nunca fazemos grandes bens nem grandes males que não produzam outros parecidos. Imitamos as boas ações por emulação; e as más, pela malignidade de nossa natureza, que a vergonha retinha prisioneira e o exemplo põe em liberdade.

La Rochefoucauld, *Máximas*

Assim como é inconveniente que muitas pessoas possam ter os mesmos interesses, para a amenidade da convivência é necessário pelo menos que elas não tenham interesses contrários. Devemos antecipar o que pode agradar a nossos amigos, procurar os meios de ser-lhes úteis, poupá-los das tristezas, mostrar-lhes que as compartilhamos quando não conseguirmos desviá-las, diminuí-las despercebidamente sem pretender extirpá-las de uma só vez e substituí-las por objetos agradáveis ou que pelo menos os mantenham ocupados. Podemos falar-lhes das coisas que lhes dizem respeito, mas apenas na medida em que o permitirem, e nisso devemos manter muito comedimento; há polidez, e às vezes mesmo humanidade, em não nos aprofundarmos demais nos recessos de seu coração; freqüentemente lhes é doloroso deixar ver tudo o que conhecem a respeito deste, e ainda mais doloroso quando penetramos no que não conhecem. Embora o convívio entre as pessoas de bem lhes dê familiaridade e lhes forneça um número infinito de motivos para se falarem sinceramente, quase ninguém tem docilidade e bom senso suficientes para receber bem muitas opiniões que são necessárias para manter a sociedade; queremos ser advertidos até um certo ponto, mas não queremos sê-lo em todas as coisas, e temos medo de conhecer todas as espécies de verdade. Assim como devemos manter distância para ver os objetos, é preciso fazê-lo também para a sociedade: cada qual tem seu ponto de visão, de onde quer ser olhado; quase sempre temos razão em não querer ser iluminados de muito perto, e praticamente não há homem que queira, em todas as coisas, deixar-se ver tal como é.

La Rochefoucauld, *Máximas*

Sobre a tolerância

Abster-se de censurar; não criticar de modo contundente os que houverem cometido um barbarismo, um solecismo ou algum outro erro chocante; ao contrário, mencionar habilmente o termo certo que devia ser proferido – a pretexto de resposta, de testemunho comprobatório, de debate conjunto sobre o fundo do tema (e não sobre a forma), ou por algum outro meio casual e discreto de advertência.

Marco Aurélio, *Meditações*

Se puderes, dissuade-os; se não puderes, lembra-te de que a benevolência te foi dada para esse caso. Os próprios deuses são benevolentes com pessoas dessa espécie; muitas vezes até mesmo ajudam-nas a obter saúde, riqueza e glória, de tão bons que são! Também a ti isso é possível; ou então, dize-me: o que te impede?

Marco Aurélio, *Meditações*

Se ele estiver enganado, deves instruí-lo com benevolência e mostrar-lhe seu equívoco. Mas, se não o puderes, deves culpar por isso apenas a ti mesmo – ou nem sequer a ti mesmo.

Marco Aurélio, *Meditações*

Como é difícil ficar contente com alguém!

La Bruyère, *Os caracteres*

Não nos enfureçamos contra os homens ao ver-lhes a dureza, a ingratidão, a injustiça, o orgulho, o amor a si mesmos e a indiferença pelos outros: eles são feitos assim, essa é sua natureza; é como não poder suportar que a pedra caia ou que o fogo se alteie.

La Bruyère, *Os caracteres*

Não podeis separar o justo do injusto, nem o bom do mal.

Pois se apresentam entrelaçados perante a face do sol, assim como o fio negro é tecido junto com o branco.

E quando o fio negro se rompe, o tecelão verifica toda sua tela; e examina também o tear.

Khalil Gibran, *O profeta*

Quando queremos tornar-nos filósofos, não devemos recuar ante as primeiras descobertas aflitivas que fizermos ao conhecer os homens. Para conhecê-los, é preciso suplantar o descontentamento que eles causam, assim como o anatomista suplanta a natureza, seus órgãos e sua repugnância, para tornar-se competente em sua arte.

Chamfort, *Máximas e pensamentos*

Para ser amado é preciso amar, é preciso fazer o bem a mancheias, oferecer boas palavras e ainda melhores obras. A cortesia é a magia política de grandes personagens.

Gracián, *A arte da prudência*

Saber colher o que há de bom em cada homem é um saber proveitoso. O sábio estima a todos, porque sabe o que cada um tem de bom e o que as coisas custam para ser bem feitas.

Gracián, *A arte da prudência*

Não se ensina aos homens nada de novo sobre seus defeitos e sobre seu mérito.

Cristina da Suécia, *Máximas*

Os homens, ao viver em sociedade, não receberam essa vantagem sobre os animais a fim de obter os meios para viver mais deliciosamente. Deus quis que eles vivessem em comum para servirem de guias uns para os outros, para que pudessem ver pelos olhos de outrem o que seu amor-próprio lhes oculta, e finalmente para que, por um comércio sagrado de confiança, pudessem dizer e apresentar uns aos outros a verdade.

Montesquieu, *Elogio da sinceridade*

Devemos procurar apenas pensar e falar com justeza, sem querermos converter os outros a nossos gostos e sentimentos; é um empreendimento grande demais.

La Bruyère, *Os caracteres*

Existem homens que não escutam nem a razão nem os bons conselhos, e que, por medo de ser governados, se perdem voluntariamente.

Outros aceitam ser governados por seus amigos em coisas quase indiferentes, e por sua vez atribuem a si mesmos o direito de governá-los em coisas graves e relevantes.

La Bruyère, *Os caracteres*

As crianças são altivas, desdenhosas, coléricas, invejosas, curiosas, interessadas, preguiçosas, volúveis, tímidas, intemperantes, mentirosas, dissimuladas; riem e choram com facilidade; têm alegrias imoderadas e amargas aflições por motivos insignificantes; não querem ser vítimas do mal e gostam de praticá-lo: já são homens.

La Bruyère, *Os caracteres*

.4.

A vida em sociedade

Obviamente, a vida em sociedade é uma realidade, com seus códigos, convenções, referências, regras de civilidade; nela cada qual se obriga, pouco ou muito, a ter a linguagem que convém, os gestos adequados. Mesmo que a execremos, é difícil escapar dessa comédia das aparências que governa a maioria de nossas relações com os outros. Também é difícil ignorá-la, sob pena de passarmos por grosseirões e de nos isolarmos do mundo.

Entretanto, há muito a ensinar e a aprender quanto a nossos comportamentos em sociedade. Sobre esse assunto, o leitor encontrará neste capítulo trechos do que La Bruyère escreveu em seu Os caracteres, *uma espécie de decodificação intemporal de nossos comportamentos. É um livro rico em en-*

sinamentos; pois, embora evoluam, constatam-se grandes semelhanças entre os usos e costumes de ontem e os de hoje. La Bruyère, grande observador dos comportamentos dos seres humanos, disseca nossas atitudes, nossas peculiaridades, nossas pequenas baixezas, com o estilo afiado e sem concessão que o caracteriza. É implacável – e engraçado; sorrimos quando às vezes também nos reconhecemos em suas observações...

Não saber dissimular é não saber viver.

Cristina da Suécia, *Máximas*

A fortuna freqüentemente disfarça as pessoas; mas as circunstâncias as desmascaram.

Cristina da Suécia, *Máximas*

Em todas as profissões, cada qual afeta uma aparência e um exterior para parecer aquilo que deseja que os outros o julguem. Assim, pode-se dizer que o mundo é composto só de aparências.

La Rochefoucauld, *Máximas*

É mais necessário estudar os homens do que os livros.

La Rochefoucauld, *Máximas*

Podemos ser mais espertos do que um outro, porém não mais espertos do que todos os outros.

La Rochefoucauld, *Máximas*

Uma das coisas que nos fazem encontrar tão poucas pessoas que pareçam lógicas e agradáveis na conversação é que não há quase ninguém que não pense mais no que pretende dizer do que em responder precisamente ao que lhe dizem. Os mais hábeis e os mais complacentes limitam-se a mostrar apenas um ar atento, ao mesmo tempo que vemos em seus olhos e em sua mente um distanciamento do que lhes dizemos e uma precipitação para retornar ao que pretendem dizer – em vez de considerarem que procurar tão intensamente agradar a si mesmos é um mau modo de agradar aos outros ou de persuadi-los, e que bem escutar e bem responder é uma das maiores qualidades que podemos ter na conversação.

La Rochefoucauld, *Máximas*

Nas grandes coisas, os homens mostram-se como lhes convém mostrar-se; nas pequenas, mostram-se como são.

Chamfort, *Máximas e pensamentos*

Deves agir desta forma: se a fortuna afastar-te das primeiras fileiras do Estado, mantém-te firme, grita teus encorajamentos e, mesmo que abafarem tua voz, mantém-te firme e dá teu apoio em silêncio. A atividade de um bom cidadão nunca é supérflua: ele é ouvido, é visto. A expressão do rosto, os acenos de cabeça, a determinação muda e mesmo o andar são modos de tornar-se útil.

Sêneca, *Da tranqüilidade da alma*

Eles vagueiam sem objetivo preciso, à cata de uma ocupação; e quando fazem algo, não é o que decidiram fazer e sim o que o acaso lhes apresentou. Agitam-se de maneira irrefletida e vã: são como formigas que escalam as árvores até o topo para em seguida descer até embaixo, a troco de nada. Muitas pessoas vivem dessa forma; e não é sem razão que poderíamos qualificar de agitada sua inação!

Sêneca, *Da tranqüilidade da alma*

Existe uma outra fonte de tormentos que não é insignificante: é quando aplicamos um cuidado doentio em representar um personagem e não nos mostramos a ninguém tal como somos. Muitos de nós levam essa espécie de vida artificial e voltada para a aparência; na verdade, sofremos o martírio de precisar vigiar-nos incessantemente e de temer que nos surpreendam sob um aspecto diferente do que mostramos habitualmente. Nunca temos trégua, pois a cada olhar que nos lançam acreditamos que estamos sendo julgados. A todo instante corremos o risco de ser descobertos; e, supondo que consigamos manter essa vigilância em todos os momentos, nem por isso a vida é agradável ou tranqüila para quem vive sempre mascarado.

Sêneca, *Da tranqüilidade da alma*

Atribuir excessivo valor à opinião alheia é uma superstição universalmente difundida; quer ela tenha suas raízes em nossa própria natureza ou tenha acompanhado o nascimento das sociedades e da civilização, é indiscutível que em todos os casos exerce sobre nossa conduta uma influência desmedida e hostil à nossa felicidade.

Schopenhauer, *Aforismos para a sabedoria de vida*

Com relação à felicidade pessoal do indivíduo (...), devemos, ao contrário, dissuadi-lo de atribuir excessivo valor à opinião dos outros. Se apesar de tudo, segundo nos ensina a experiência, o fato se evidencia diariamente; se o que a maioria das pessoas mais valorizam é precisamente a opinião dos outros a seu respeito e se preocupam com ela mais do que com aquilo que, *acontecendo em sua própria existência,* existe imediatamente para elas; portanto, se, por uma inversão da ordem natural, a opinião é o que lhes parece ser a parte real de sua existência e a outra lhes parece ser apenas a parte ideal; se fazem do que é derivado e secundário o objeto principal e se a imagem de seu ser na cabeça dos outros lhes é mais cara que seu próprio ser – então essa apreciação direta do que, diretamente, não existe para ninguém, constitui a loucura à qual se deu o nome de vanidade, para indicar o vazio e o quimérico dessa tendência.

Schopenhauer, *Aforismos para a sabedoria de vida*

O extremo prazer que sentimos em falar sobre nós deve fazer-nos recear que dificilmente causemos prazer a quem nos escuta.

La Rochefoucauld, *Máximas*

Dificilmente encontramos pessoas de bom senso que não sejam as que pensam como nós.

La Rochefoucauld, *Máximas*

O exterior do homem é a fachada da alma.

Gracián, *A arte da prudência*

Algumas pessoas assemelham-se a um jarro novo, que assume para sempre o odor da primeira bebida, boa ou má, que nele for colocada.

Gracián, *A arte da prudência*

A vida em sociedade segundo La Bruyère

Sabei exatamente o que podeis esperar dos homens em geral e de cada um deles em particular, e em seguida lançai-vos no comércio do mundo.

La Bruyère, *Os caracteres*

Se prestássemos seriamente atenção a tudo que se diz de banal, de vão e de pueril nas conversas habituais, teríamos vergonha de falar ou de ouvir e talvez nos condenássemos a um perpétuo silêncio, que seria pior para a convivência do que os discursos inúteis. Portanto, temos de adaptar-nos a todos os espíritos, permitir como um mal necessário o relato de falsas notícias, as vagas reflexões sobre o governo atual ou sobre o interesse dos príncipes, a declamação de sentimentos bonitos e que acabam sendo sempre os mesmos; temos de deixar Arôncio falar por provérbios e Melinda falar de si, de seus acessos, de suas enxaquecas e insônias.

La Bruyère, *Os caracteres*

Nas conversas falamos impetuosamente, amiúde por vaidade ou por humor, raramente com atenção bastante: muito ocupados com o desejo de responder àquilo que não escutamos, seguimos nossas idéias e as explicamos, sem a menor consideração pelos argumentos do outro; estamos muito longe de encontrar juntos a verdade, e ademais não concordamos quanto à que estamos buscando. Quem pudesse ouvir todas essas espécies de conversas e transcrevê-las mostraria às vezes algumas coisas boas que não têm seqüência alguma.

La Bruyère, *Os caracteres*

À medida que o prestígio e os grandes bens vão se afastando de um homem, deixam ver nele o ridículo que encobriam e que ali estava sem que ninguém percebesse.

La Bruyère, *Os caracteres*

Todas as manhãs abrimos e exibimos para enganar o mundo; e à noite fechamos, depois de haver enganado durante todo o dia.

La Bruyère, *Os caracteres*

No mundo só há duas maneiras de elevar-se: ou pela engenhosidade própria ou pela imbecilidade dos outros.

La Bruyère, *Os caracteres*

A escrita revela o temperamento e os costumes; mas o semblante designa os bens de fortuna: o excedente ou a falta de mil libras de renda encontra-se escrito em cada rosto.

La Bruyère, *Os caracteres*

Do mesmo fundo de orgulho do qual nos elevamos altivamente acima de nossos inferiores, rastejamos vilmente diante dos que estão acima de nós. É típico desse vício, que não se fundamenta nem no mérito pesoal nem na virtude e sim nas riquezas, nos cargos, no prestígio e em conhecimentos vãos, levar-nos igualmente a menosprezar os que têm menos que nós dessa espécie de bens e a valorizar excessivamente os que têm deles uma medida que ultrapassa a nossa.

La Bruyère, *Os caracteres*

A incivilidade não é um vício da alma e sim o resultado de vários vícios: da vaidade tola, da ignorância dos próprios deveres, da preguiça, da estupidez, da distração, do menosprezo pelos outros, da inveja. Por espalhar-se apenas exteriormente, é ainda mais odiosa, porque é sempre um defeito visível e manifesto. Entretanto é verdade que ele ofende menos ou mais, dependendo da causa que o produz.

La Bruyère, *Os caracteres*

Os homens agem sem vigor nas coisas que são de seu dever, ao passo que transformam num mérito, ou antes numa vaidade, esforçarem-se pelas coisas que lhes são alheias e que não convêm nem à sua condição nem a seu caráter.

La Bruyère, *Os caracteres*

Não devemos julgar os homens como a um quadro ou uma figura, num primeiro e único olhar: há um interior e um coração que devemos penetrar. O véu da modéstia cobre o mérito e a máscara da hipocrisia oculta a malignidade. Há apenas um número mínimo de conhecedores que discernem e que têm o direito de dar o veredicto; só pouco a pouco, e ainda forçados pelo tempo e pelas circunstâncias, é que a virtude perfeita e o vício consumado chegam finalmente a declarar-se.

La Bruyère, *Os caracteres*

Uma circunstância essencial para a justiça que devemos aos outros é fazê-la prontamente e sem protelar: fazer a justiça esperar é injustiça.

Fazem bem, ou fazem o que devem, aqueles que fazem o que devem. Aquele que em toda sua conduta deixa dizerem longamente de si que fará bem, faz muito mal.

La Bruyère, *Os caracteres*

Um homem na moda dura pouco, pois as modas passam. Se por acaso ele for homem de mérito, não é anulado e subsiste ainda por algum aspecto: imparcialmente estimável, torna-se apenas menos estimado.

A virtude tem a vantagem de bastar a si mesma e saber passar sem admiradores, partidários e protetores; a falta de apoio e de aprovação não apenas não a prejudica como a preserva, depura e torna perfeita; quer esteja na moda ou não o esteja mais, permanece virtude.

La Bruyère, *Os caracteres*

. 5 .

A família

Podemos amá-la ou maldizê-la, viver perto ou longe dela, não importa: a família, nossos pais, irmãos e irmãs representam o que nos forjou e cimentou. É certo que uma família tem suas regras, suas leis, suas referências. Podemos concordar ou não com ela, ou manter distância, mas nunca devemos renegá-la. Quaisquer que sejam as relações que mantivermos, continua a ser uma entidade forte, que constitui um refúgio, uma ilhota de amor e de compreensão. Devemos desfrutar de nossos pais, de nossa família, enquanto a temos. Pois, em último recurso, geralmente é para onde nos voltamos e é ela que nos abre os braços. "A vida familiar é repleta de espinhos e de cuidados, mas são cuidados frutíferos", escreveu Saint-Beuve. E os sábios chineses preconizam que não nos afastemos dela e lembram que uma família é a mais bela das riquezas.

Após um bom jantar podemos perdoar todo mundo, até mesmo nossa família.

Oscar Wilde, *Aforismos*

As crianças começam amando os pais; quando crescem, põem-se a julgá-los – e às vezes os perdoam.

Oscar Wilde, *Aforismos*

Os filhos do camponês

Os filhos de um camponês não conseguiam entender-se. Como, apesar de seus esforços, este não encontrava palavras para persuadi-los a emendar-se, resolveu ilustrar o que dizia e pediu-lhes que trouxessem um feixe de varinhas. Quando assim fizeram, o camponês estendeu-lhes primeiramente as varinhas atadas juntas e ordenou que as quebrassem. Os filhos esforçaram-se ao máximo, mas não o conseguiram. Então, depois de desatá-las, ele lhes entregou as varinhas uma a uma; quebraram-nas sem dificuldade. "Assim também vós, meus filhos, concluiu o camponês, se viverdes em bom entendimento, não dareis a menor oportunidade a vossos inimigos; mas se vos desentenderdes sereis para eles uma presa fácil."

A fábula mostra que, assim como a união faz a força, assim também a discórdia deixa-se derrotar facilmente.

Esopo, *Fábulas*

Tende sempre em mente a idade de vosso pai e de vossa mãe: que esse pensamento vos cause tanto alegria quanto inquietação.

Confúcio, *Os analectos*

Uma carta da família vale mil moedas de ouro.

Provérbio chinês

Escolhemos nossos companheiros, mas nunca nossa família.

Renaud, "Meu cunhado"

Sois os arcos dos quais vossos filhos, como flechas vivas, são lançados.

Khalil Gibran, *O profeta*

As crianças não têm passado nem futuro e – o que dificilmente nos acontece – desfrutam o presente.

La Bruyère, *Os caracteres*

. Terceira parte .

A serenidade segundo a sabedoria chinesa

Desde a Antiguidade, a sabedoria chinesa baseia-se nas forças do "yin" e do "yang". Na filosofia taoísta chinesa, o "yin" é associado a uma noção de passividade. É a matéria inerte e tudo que se relaciona de perto ou de longe com a natureza. O "yang", ao contrário, corresponde à noção de atividade e força vital. Alguns, como os taoístas, discípulos de Lao-tse, baseiam na natureza sua filosofia e pregam uma forma de submissão à ordem natural das coisas. Outros, como os adeptos de Confúcio, reportam-se principalmente às virtudes morais e aos comportamentos do homem no universo. Apesar de suas diferenças, todos procuram a paz interior do indivíduo, por meio de uma conduta sábia, sem excessos, e preconizam uma vida em harmonia com as leis da natureza. Sua filosofia poderia resumir-se mais ou menos no seguinte: o ho-

mem deve aceitar seu destino de homem, em conformidade com o equilíbrio natural do universo.

Alguns desses preceitos provêm de tempos longínquos; outros são mais recentes. O que os caracteriza globalmente é seu realismo. Os sábios chineses gostam de pontilhar seus ensinamentos com imagens matizadas de ingenuidade e poesia, mas sempre eloqüentes. Somos levados não à abstração mas sim a uma lógica simples e clara, como atestam as comparações com as crianças, as árvores, as plantas, os animais. Sem dúvida essa simplicidade é que torna os provérbios chineses tão populares e tão exatos. Eles renovam a alma, pois às vezes recordam evidências que temos a tendência de esquecer. São uma espécie de vade-mécum moral impregnado de sabedoria e de bom senso.

Para ler e reler sempre que houver necessidade. E para meditar.

A lei da natureza

Teus dias vêm, depois se vão; ninguém sabe a razão.

Lie-tsé

Os anos e os meses não esperam por ninguém.

Provérbio chinês

Velho ou não velho, cada qual é que sabe.

Provérbio chinês

Não passeis vossos dias na ociosidade; a juventude não volta.

Provérbio chinês

Como estas águas, tudo passa; nada se detém, nem de dia nem de noite.

Confúcio

A água corrente nunca se deteriora.

Provérbio chinês

Não se deve cortar a erva daninha, e sim arrancar suas raízes.

Provérbio chinês

A água não se detém nas montanhas, nem a vingança num coração nobre.

Provérbio chinês

Mais vale acender uma única e minúscula vela do que maldizer a escuridão.

Provérbio chinês

Não há rosas de cem dias.

Provérbio chinês

O augusto céu nunca se mostra injusto para com os que se esforçam.

Provérbio chinês

Conhecemos uma boa fonte na hora da seca e um bom amigo na hora da adversidade.

Provérbio chinês

Num cavalo excelente, o que mais prezamos não é a força e sim a mansidão.

Confúcio

Jogar água fria na panela fervendo não é tão eficaz quanto retirar a lenha do fogo.

Provérbio chinês

Se não tiver o apoio de um tutor, a árvore nova facilmente se curva.

Provérbio chinês

A porta mais bem fechada é a que podemos deixar aberta.

Provérbio chinês

Não tomeis como espelho o cristal das águas; tomai os homens.

Le Chu-King

Os caminhos bonitos não levam longe.

Provérbio chinês

É mais fácil caminhar do que apagar as próprias pegadas depois de caminhar.

Chuang-tsé

Quando o caminho é longo, ficamos conhecendo a força do cavalo; quando um negócio é longo, ficamos conhecendo a vontade de um homem.

Provérbio chinês

A bosta de vaca é mais útil do que os dogmas. Com ela se pode fazer adubo.

Mao Tsé-tung

O rio tranqüilo tem margens floridas.

Provérbio chinês

Quando o vento não sopra a árvore não se agita.

Provérbio chinês

O hábito torna-se natureza.

Provérbio chinês

A folha que cai retorna à sua raiz.

Provérbio chinês

Quando a lua está cheia, ela começa a decrescer; quando as águas estão altas, transbordam.

Provérbio chinês

Quando o céu envia suas desgraças, podemos proteger-nos delas; mas ninguém conseguiria escapar dos males que atrai para si mesmo.

Provérbio chinês

A rosa só tem espinhos para quem quiser colhê-la.

Provérbio chinês

Uma única rachadura pode afundar um barco.

Provérbio chinês

Uma pequena fagulha negligenciada pode causar um grande incêndio.

Provérbio chinês

Um cão não é um bom cão por latir muito.

Chuang-tsé

Cordeiro em pele de tigre continua a ter medo de lobo.

Provérbio chinês

A montanha e a água acabarão por encontrar-se.

Provérbio chinês

Depois de pronunciadas, as palavras são como as montanhas.

Provérbio chinês

Os comportamentos humanos

Um homem feliz é um barco que navega com vento favorável.

Provérbio chinês

Perguntais-me qual é a suprema felicidade neste mundo? É escutar a canção de uma garotinha que se afasta depois de perguntar-vos sobre seu caminho.

Li-T'ai-Po

Quem sabe contentar-se estará sempre contente.

Lao-tsé

Sorrir três vezes por dia torna desnecessário qualquer medicamento.

Provérbio chinês

Sorrir é rejuvenescer dez anos; entristecer-se é ganhar cabelos brancos.

Provérbio chinês

Verdadeiramente forte é aquele que consegue vencer a si mesmo.

Provérbio chinês

O homem de bem é reto e justo, mas não rígido e inflexível; sabe dobrar-se, mas não curvar-se.

Confúcio

Aquele que visa à perfeição estará acima da mediocridade; mas aquele que visa à mediocridade cairá mais baixo ainda.

Confúcio

Não é preciso erguer a voz quando se tem razão.

Provérbio chinês

O homem contente com sua sina não conhece a ruína.

Lao-tsé

Nada é difícil para os que têm vontade.

Provérbio chinês

A partir do momento em que se tem serenidade, como não se teria felicidade?

Provérbio chinês

Quando um homem de bem entra numa casa, os de fora chegam.

Provérbio chinês

O sábio teme a celebridade tanto como a ignomínia.

Lao-tsé

Onde houver uma vantagem haverá necessariamente um inconveniente.

Provérbio chinês

O amor é todo olhos, e isso não é bom.

Provérbio chinês

Quem amar uma rã fará dela uma deusa.

Provérbio chinês

Uma palavra vinda do coração aquece durante três invernos.

Provérbio chinês

Os corações mais próximos não são os que se tocam.

Provérbio chinês

Por muito que o espírito caminhe mais do que o coração, nunca vai tão longe.

Provérbio chinês

O fundo do coração fica mais longe que os confins do mundo.

Provérbio chinês

Choupana onde se ri vale mais do que palácio onde se chora.

Provérbio chinês

Não vos afasteis enquanto vossos pais ainda estão aqui.

Confúcio, *Os analectos*

Quando tudo vai bem, podemos contar com os outros; quando tudo vai mal, só podemos contar com nossa família.

Provérbio chinês

Uma carta da família vale mil moedas de ouro.

Provérbio chinês

Em vez de ter esperança e de esperar o devido tempo, não será melhor aproveitar o tempo?

Hsun-tsé

Quem se apega ao dinheiro atrai as afrontas; quem se apega ao poder fica esgotado; quem vive na ociosidade afoga-se nela; quem se habitua ao bem-estar torna-se seu escravo. Que vida dramática!

Chuang-tsé

Tenho o cuidado de viver bem, a fim de morrer bem.

Chuang-tsé

Não é o céu que corta prematuramente o fio da vida dos homens; são os homens que, com seus desvarios, atraem eles mesmos a morte no meio da vida.

Mong-tsé

Entre as coisas que temo, há outras mais temíveis que a morte.

Mong-tsé

O destino dos homens é morrer... Por que entristecer-me, se minha sina é normal e se meu destino é o de todos os homens?

Lie-tsé

Nada é mais aflitivo que a morte do coração; a morte do homem é secundária.

Provérbio chinês

Mesmo os ricos não têm método para morrer.

Provérbio chinês

De tudo que há no homem, nada é melhor que as pupilas dos olhos: elas não sabem esconder o que o coração tem de mau.

Mong-tsé

Não se pode medir o mar; não se pode sondar o coração do homem.

Provérbio chinês

Quem sabe uma coisa não vale quem a ama. Quem ama uma coisa não vale quem faz dela sua alegria.

Confúcio, *Os analectos*

O homem bom começa pelo mais árduo e só faz a colheita em último lugar.

Confúcio, *Os analectos*

A convivência mundana leva à desconfiança; a desconfiança leva às suspeitas; as suspeitas, à esperteza; a esperteza, à maldade; e a maldade leva a tudo.

Provérbio chinês

Cada ataque de cólera é um ataque de velhice; cada sorriso é um ataque de juventude.

Provérbio chinês

Quem consegue dominar uma cólera passageira escapa de cem dias de miséria.

Provérbio chinês

O grande defeito dos homens é abandonarem seus próprios campos para ir arrancar o joio dos campos dos outros.

Mong-tsé

Acima de tudo, cultivai a lealdade e a boa-fé. Não procureis a amizade dos que não vos merecem.

Confúcio, *Os analectos*

Quem consegue extrair uma verdade nova de um saber antigo está qualificado para ensinar.

Confúcio, *Os analectos*

O verdadeiro saber está em reconhecer que sabemos o que sabemos e que não sabemos o que não sabemos.

Confúcio, *Os analectos*

Nas cerimônias, deveis preferir a simplicidade à opulência; nos funerais, preferir as lágrimas à pompa.

Confúcio, *Os analectos*

O homem bom desfruta tranqüilamente sua bondade; o homem sábio obtém proveito dela.

Confúcio, *Os analectos*

Apenas um homem plenamente humano sabe amar bem e odiar bem.

Confúcio, *Os analectos*

Esforcemo-nos por ser plenamente humanos, e não haverá mais lugar para o mal.

Confúcio, *Os analectos*

O homem de bem espera apenas justiça; o homem vulgar espera favores.

Confúcio, *Os analectos*

Mil súplicas não valem uma ameaça.

Provérbio chinês

O homem de bem encara as coisas do ponto de vista da justiça; o homem vulgar, do ponto de vista de seu próprio interesse.

Confúcio, *Os analectos*

Quando encontrardes um homem virtuoso, procurai igualar-vos a ele. Quando encontrardes um homem sem virtude, examinai vossas próprias falhas.

Confúcio, *Os analectos*

Tomemos três homens ao acaso das ruas: eles terão necessariamente algo a ensinar-me. As qualidades de um vão servir-me de modelo; os defeitos do outro, de advertência.

Confúcio, *Os analectos*

O imprevidente só cava um poço quando sente a sede.

Provérbio chinês

Se partes por um dia, deves levar provisões para dois dias; se viajas no verão, deves levar tuas roupas de inverno.

Provérbio chinês

Se não houvermos nos esforçado quando éramos jovens e fortes, é inútil nos lamentarmos quando estamos velhos.

Provérbio chinês

Se não tratais bem aqueles que melhor devíeis tratar, não tratareis bem ninguém.

Mong-tsé

Quem tem a língua comprida demais arranja uma multidão de inimigos.

Confúcio, *Os analectos*

O caminho do dever está sempre perto; mas o homem procura-o longe de si.

Provérbio chinês

Recuai um passo e tudo se ampliará espontaneamente.

Provérbio chinês

Assim como as riquezas adornam e embelezam uma casa, assim também as intenções puras e sinceras adornam e embelezam a pessoa.

Confúcio

Cem "não" fazem menos mal que um "sim" nunca cumprido.

Provérbio chinês

O homem de pouco valor considera um pouco de bem como sem valor, e não o pratica; e considera um pouco de mal como inofensivo, e não o evita.

Confúcio

O homem de bem só pede algo a si mesmo; o homem de pouco valor pede tudo aos outros.

Confúcio

Quando o inferior está à vontade, o superior está tranqüilo.

Le Yi king

Pratica a flexibilidade e te tornarás firme; exercita-te na fraqueza e te tornarás forte.

Lie-tsé

Falar não cozinha o arroz.

Provérbio chinês

A tagarelice é a espuma das ondas; a ação é uma gota de ouro.

Provérbio chinês

Observai atentamente a conduta das pessoas, e podereis prever seu futuro, sua felicidade ou infelicidade.

Lie-tsé

Quem reconhece a própria ignorância não é verdadeiramente ignorante; quem reconhece o próprio desnorteamento não está verdadeiramente desnorteado.

Chuang-tsé

Quem gosta de pedir conselho crescerá.

Provérbio chinês

Quem não avança diariamente recua diariamente.

Confúcio

O saber que não complementamos diariamente diminui diariamente.

Provérbio chinês

Um erudito que tudo viu não vale alguém que fez algo com as próprias mãos.

Provérbio chinês

Um dia vale três para quem faz cada coisa em seu devido tempo.

Provérbio chinês

Riquezas e honras obtidas injustamente não são mais sólidas que a nuvem mutável que passa.

Confúcio

Ser homem é fácil; ser um homem é difícil.

Provérbio chinês

Quem é escravo de seus desejos não pode ao mesmo tempo ser senhor de si.

Confúcio

O fracasso é o alicerce do sucesso.

Lao-tsé

Apenas quando houvermos suportado sofrimentos e mais sofrimentos é que estaremos acima dos outros.

Provérbio chinês

O fracasso é a mãe do êxito.

Provérbio chinês

Muitas pequenas derrotas podem trazer uma grande vitória.

Chuang-tsé

Aconselhar é fácil, ajudar é difícil.

Provérbio chinês

Uma viagem de mil léguas começa no primeiro passo.

Lao-tsé

Quem pretende escalar uma montanha começa por baixo.

Confúcio

Uma montanha, por mais alta que seja, teme um homem lento.

Provérbio chinês

Quem não sabe zangar-se é tolo; mas quem não quer zangar-se é sábio.

Provérbio chinês

Quem cede passagem nunca é o imbecil.

Provérbio chinês

Em todas as coisas, é preciso cuidar do começo e pensar antecipadamente no fim.

Provérbio chinês

Não vos aflijais porque ninguém vos conhece, mas trabalhai para vos tornardes digno de ser conhecido.

Confúcio

Pretender contentar com a posse nossos desejos é contar que com palha apagaremos o fogo.

Provérbio chinês

A ignorância é a noite do espírito; e essa noite não tem lua nem estrelas.

Provérbio chinês

Escutar e escolher entre as opiniões é o primeiro passo do conhecimento; ver e refletir sobre o que se viu é o segundo passo do conhecimento.

Confúcio

O maior conquistador é aquele que sabe vencer sem batalha.

Lao-tsé

O homem de bem esquece seus ódios antigos.

Provérbio chinês

Procurai e encontrareis; se parardes de procurar não encontrareis.

Provérbio chinês

Quanto mais estudamos, mais vemos que ignoramos muito.

Provérbio chinês

Um homem paciente pode fazer frente a cem bravos.

Provérbio chinês

Um homem apressado nada realizará de bom; um gato apressado não apanhará ratos.

Provérbio chinês

Não deveis ter medo de ser lento; deveis ter medo apenas de ficar parado.

Provérbio chinês

Mais vale fazer coisas mínimas do que não fazer coisa alguma.

Provérbio chinês

Um pedaço de carne deteriorada é suficiente para estragar todo um caldeirão de sopa.

Provérbio chinês

O ouro não pertence ao avarento; o avarento é que pertence a seu ouro.

Provérbio chinês

O difícil é viver na pobreza sem o menor ressentimento; depois disso, nadar em ouro sem arrogância nada custa.

Confúcio

Quem tem muito dinheiro e nenhum filho não é rico; quem tem muitos filhos e nenhum dinheiro não é pobre.

Provérbio chinês

Quem quiser ser rico não será bom; quem quiser ser bom não será rico.

Mong-tsé

Desejais que os homens vos amem? Começai por amá-los.

Provérbio chinês

Excessos matam mais certeiramente do que espadas.

Provérbio chinês

O peixe não vê o anzol, mas apenas a isca; o homem não vê o perigo, mas apenas o proveito.

Provérbio mandchu

Em todo negócio, recuai um passo e a vantagem será vossa.

K'ang-hsi

A inveja é como um grão de areia no olho.

Provérbio chinês

O que é obtido por vias injustas será perdido por vias injustas.

Confúcio

Se avançares, morres. Se recuares, morres. Então por que recuar?

Provérbio chinês

O gume afiado de uma lâmina faz um ferimento vivo; as palavras más causam um ferimento ainda mais difícil de cicatrizar.

Provérbio chinês

Boas palavras não são fáceis de dizer; as más escapam facilmente. Uma vez soltas, elas partem a todo galope e dificilmente voltam atrás.

Provérbio chinês

Os maus serão punidos por maus.

Provérbio chinês

A lama esconde um rubi, mas não o mancha.

Provérbio chinês

A aprovação de mil aduladores não vale uma palavra sincera de um homem de bem.

Cheu-Ki

Um encontro é sempre fruto de um acaso celeste.

Provérbio chinês

Quando as circunstâncias mudam, conhecemos o coração das pessoas.

Provérbio chinês

Quem se precipita não sabe, quem sabe não se precipita.

Provérbio chinês

Se vos escutarem, deveis ficar contente; se não vos escutarem, ainda deveis ficar contente.

Mong-tsé

Às palavras sinceras freqüentemente falta elegância; as palavras elegantes raramente são sinceras.

Lao-tsé

Para vinho bom, palavras sinceras.

Provérbio chinês

Mais forte é aquele que sabe esconder sua força do que aquele que sabe exercê-la.

Lie-tsé

Se em casa não ferires ninguém, quando saíres ninguém te ferirá.

Provérbio chinês

Aprovar a si mesmo não é brilhar.

Lao-tsé

Os bem-falantes geralmente fazem mais inimigos do que amigos.

Confúcio

Quem gaba em altos brados seus êxitos já está afiando o instrumento de sua perda.

Provérbio chinês

Quem avança com muita precipitação recuará ainda mais depressa.

Mong-tsé

A árvore já se tornou barco.

Provérbio chinês

Quando a desgraça vos cai na cabeça já é tarde demais para lamentar.

Provérbio chinês

A desgraça não cruza a porta de uma família prudente.

Provérbio chinês

Quando somos felizes ignoramos isso, assim como um barco na água ignora a corrente.

Provérbio chinês

Uma felicidade atenua cem infelicidades.

Provérbio chinês

As pessoas felizes não têm necessidade de apressar-se.

Provérbio chinês

Quando, uma certa manhã, houvermos compreendido o Caminho, poderemos morrer à noite.

Provérbio chinês

A sabedoria interior

De nada adianta ter como bússola o temor ao céu, se a consciência não controlar o leme.

Provérbio chinês

Não se pode caminhar olhando as estrelas quando se tem uma pedra no sapato.

Provérbio chinês

Cometer um erro e não corrigir-se é o verdadeiro erro.

Confúcio

Se o alicerce é sólido, a casa é sólida.

Le Yi king

Se o corpo é reto, não importa que a sombra seja torta.

Provérbio chinês

Varrer por terra é como purificar o coração.

Provérbio chinês

O bem não faz barulho; o barulho não faz bem.

Provérbio chinês

Fazer o bem é o maior dos prazeres.

Provérbio chinês

Servir aos outros é servir a si mesmo.

Provérbio chinês

Quando compreendemos o que é a vergonha, aproximamo-nos da coragem.

Provérbio chinês

Há uma sanção para o bem e para o mal; se ela tarda, é porque ainda não chegou a hora.

Provérbio chinês

Não são as pulgas dos cães que fazem os gatos miar.

Provérbio chinês

Todo dia eu me examino várias vezes: desincumbi-me fielmente de meus compromissos? mostrei-me digno da confiança de meus amigos? coloquei em prática o que me ensinaram?

Confúcio, *Os analectos*

Para quem ofende o Céu, de nada adianta rezar.

Confúcio, *Os analectos*

Quem quer espancar seu cão encontra sempre um bastão.

Provérbio chinês

Antes mesmo de enganar os outros já teremos prejudicado a nós mesmos.

Provérbio chinês

Não vos preocupeis de estar sem emprego; preocupai-vos antes em ser digno de um emprego. Não vos preocupeis por não serdes notado; antes procurai fazer algo notável.

Confúcio, *Os analectos*

Quem planta a virtude não deve esquecer de regá-la com freqüência.

Le Chu-king

A alma não tem segredos que a conduta não revele.

Provérbio chinês

Não se escorrega quando não se está com os pés na lama.

Provérbio chinês

A primeira vez é um erro; a segunda vez é proposital.

Provérbio chinês

As verdades que menos gostamos de ouvir são geralmente as que mais precisamos saber.

Provérbio chinês

Nunca nos perdemos tanto como quando julgamos conhecer o caminho.

Provérbio chinês

Aquele que apazigua uma grande disputa e não a esvazia até o fundo é como se nada houvesse feito de bom.

Lao-tsé

Contra a deslealdade, não há melhor garantia que a lealdade.

Provérbio chinês

Uma lâmina que não é afiada acaba por enferrujar-se.

Provérbio chinês

Conhecer-se é conhecer os outros; assim podemos usar nosso coração para medir o dos outros.

Provérbio chinês

Deves renovar-te completamente todo dia; faze-o novamente, mais uma vez novamente e sempre novamente.

Ta-Hio

Quando o temor não está de vigia, acontece o que era de temer.

Lao-tsé

Um desvio tão mínimo como a espessura de um fio de cabelo acaba por levar a mil léguas de distância do caminho certo.

Le Li-Ki

Deves ouvir mais com a mente do que com os ouvidos.

Confúcio

Sem intenção, tudo leva a nada.

Le Yi king

Prejudicando a outrem, acabamos prejudicando a nós mesmos.

Provérbio chinês

Quem não souber por onde veio não saberá por onde ir embora.

Provérbio chinês

Quem não reflete antes de agir, como atingirá o alvo?

Provérbio chinês

Um homem que não reflete para um longo prazo terá dissabores a curto prazo.

Provérbio chinês

Acautelai-vos: o que fazeis a outrem vos será devolvido.

Mong-tsé

Quem não sabe governar a própria conduta, como governará a dos outros?

Confúcio

Roupas, nada melhor que as novas; amigos, nada melhor que os velhos.

Provérbio chinês

Lembra-te do benefício, nunca da injúria.

Provérbio chinês

Quem não voa alto não se machuca ao cair.

Provérbio chinês

Quem vive ao sabor dos próprios desejos torna-se cada dia mais fraco.

Provérbio chinês

Quanto mais subirmos, mais dura será a queda.

Provérbio chinês

O homem não deve esquecer suas raízes.

Provérbio chinês

Quando caímos, a culpa não é do pé.

Provérbio chinês

Quem esconde seus erros pretende repeti-los.

Provérbio chinês

Quem fechou sua porta está nos confins dos desertos.

Provérbio chinês

O sábio não se atavia com um sabre de ouro.

Yu-Ho

Não podes comer teu bolo e querer que ele não acabe.

Provérbio chinês

É insensato quem acredita que sua ascensão nunca terá fim.

Provérbio chinês

Nunca um homem conseguiu endireitar os outros curvando-se ele mesmo.

Mong-tsé

Se não quereis que o saibam, é melhor não fazê-lo.

Provérbio chinês

Fechada a tampa do caixão, o julgamento sobre o morto torna-se definitivo.

Provérbio chinês

. Quarta parte .

Serenidade nos momentos adversos

.1.

Aprender a enfrentar as dificuldades

"A provação nunca nos mostra a face que esperávamos", escreveu Mauriac. "Ela é necessária para o autoconhecimento", ponderou Sêneca. Temos de admitir que às vezes é preciso muito sangue-frio e resistência moral e física para enfrentar as dificuldades que a vida coloca em nosso caminho. Um fracasso profissional, um rompimento amoroso, preocupações financeiras, um contratempo que vem no pior momento... nossas existências são pontilhadas de dificuldades, de encontros não realizados, de imprevistos, de insucessos. Daí a necessidade de aprender a relativizar tudo que nos acontece contra nossa vontade – principalmente o que é ruim ou que pelo menos sentimos como ruim. Pois há sempre uma lição a extrair de uma dificuldade. E o próprio modo como a aprendemos pode,

por si só, ser um ensinamento. Uma das chaves para enfrentar as dificuldades está não em combatê-las e tomá-las a peito, mas sim contorná-las procurando seu aspecto positivo. Na adversidade, o estado de espírito é tudo.

Não é porque as coisas são difíceis que não ousamos fazê-las. É porque não ousamos fazê-las que elas são difíceis.

Sêneca, *Da constância do sábio*

Aliás, o caminho não é tão árduo como alguns imaginam. É em seu início que encontramos obstáculos, desmoronamentos que lhe dão aparência de impraticável. Quase todos os caminhos de montanha, quando os olhamos de longe, parecem íngremes, tortuosos. É a distância que provoca essa ilusão de óptica; aproximemo-nos e todos os elementos que o erro de perspectiva nos apresentava como amontoamento caótico vão pouco a pouco diferenciando-se uns dos outros; e percebemos que aquilo que, de longe, parecia uma escarpa impossível de escalar, não passa de uma encosta totalmente acessível.

Sêneca, *Da constância do sábio*

A provação é necessária para o autoconhecimento. É a experiência que nos leva a conhecer a medida de nossas próprias forças.

Sêneca, *Da providência*

Se alguma coisa for difícil para ti, não deves supor que ela seja impossível para o homem. Mas, se alguma coisa for possível e natural para o homem, deves pensar que ela está também a teu alcance.

Marco Aurélio, *Meditações*

Nossos dias são breves demais para que endossemos as tristezas dos outros. Cada homem vive sua própria vida e paga pessoalmente o preço por ela. Entretanto, é lamentável que tenhamos de pagar tão repetidamente por cada erro. Na verdade, estamos continuamente pagando e pagando de novo. Em seu comércio com os seres humanos, o destino nunca encerra suas contas.

Oscar Wilde, *Aforismos*

Apenas no sofrimento é que damos prova de nossa virtude.

Sêneca, *Da providência*

Uma árvore só é firme e robusta se freqüentemente tiver de resistir às tempestades: os abalos enrijecem-lhe as fibras e fixam-lhe mais profundamente as raízes. A árvore que cresce num vale ameno permanece frágil.

Sêneca, *Da providência*

A mulher e suas servas

Uma mulher viúva e diligente tinha servas a quem despertava ainda de noite, ao cantar do galo, para fazê-las trabalhar. Estas, esgotadas por uma labuta sem descanso, decidiram estrangular o galo da casa: consideravam-no responsável por seus males, pois acordava a senhora antes do nascer do sol. Assim fizeram; mas sua sina tornou-se ainda mais dura, porque então a senhora, na falta do galo que lhe informava a hora, passou a tirá-las da cama ainda mais cedo.

O mesmo acontece com muitas pessoas que, pelas decisões que tomam, são os artífices de suas próprias desgraças.

Esopo, *Fábulas*

Na privação tudo tem melhor gosto; até a água da fonte alheia faz-se néctar.

Gracián, *A arte da prudência*

As circunstâncias revelam-nos para os outros, e mais ainda para nós mesmos.

La Rochefoucauld, *Máximas*

Examinai a vida dos homens e dos melhores e mais fecundos povos, e perguntai-vos se uma árvore que deve altear-se majestosamente nos ares pode passar sem o mau tempo e as tempestades; se a hostilidade de fora, as resistências externas, todas as espécies de ódio, inveja, obstinação, desconfiança, dureza, avidez e violência não fazem parte das circunstâncias favoráveis sem as quais nada, nem mesmo a virtude, poderia crescer grandemente. O veneno que mata as naturezas fracas é um fortificante para as fortes; por isso elas não o chamam de veneno.

Nietzsche, *A gaia ciência*

Devemos saber que, se sofremos, isso não provém dos lugares que freqüentamos, e sim de nós: já não temos mais forças para suportar coisa alguma – esforço, prazer, nossa própria pessoa, o que quer que seja.

Sêneca, *Da tranqüilidade da alma*

O melhor favor que a natureza nos prestou foi, sabendo a que provações nos destinava nosso nascimento, ter inventado, para atenuar nossas desgraças, o hábito: com isso ela permite que nos familiarizemos rapidamente com nossos mais penosos sofrimentos. Se a adversidade persistisse em golpear com a mesma violência de seu primeiro ataque, ninguém resistiria.

Sêneca, *Da tranqüilidade da alma*

. 2 .

Dominar o medo

Estamos sempre com medo de alguma coisa. Medo de fracassar num exame, medo de não estar à altura, medo de ser abandonados por quem amamos, medo de sofrer um acidente, medo pelos que nos são queridos, medo da morte... Embora esses receios sejam legítimos – "todos os homens têm medo. Todos. Quem não sente medo não é normal; isso nada tem a ver com a coragem", escreveu Sartre, em Os caminhos da liberdade *–, precisamos tomar cuidado para não nos deixarmos dominar por eles. Isso porque o sentimento do medo é um dos mais coercitivos que existem. Ele nos limita, restringe nossas vontades e ambições, leva-nos a regredir, causa-nos estresse, faz-nos perder a autoconfiança, provoca doenças. Temos de estar conscientes dos perigos que nos espreitam; mas* *precisamos ir buscar em nosso íntimo a coragem de dominar o medo. Para avançar é necessário assumir riscos e correr perigos. Disso depende a realização do que é importante para nós.*

Prometemos de acordo com nossas expectativas e cumprimos de acordo com nossos temores.

La Rochefoucauld, *Máximas*

Os únicos males futuros que devem alarmar-nos justificadamente são aqueles cuja ocorrência e cujo momento de ocorrer são indiscutíveis. Mas pouquíssimos estão nesse caso, pois os males são ou simplesmente possíveis (no máximo plausíveis), ou então são certos, mas a época de sua ocorrência é que é duvidosa. Se nos preocuparmos com as duas espécies de desgraças, não teremos mais um só minuto de sossego. Portanto, para não perdermos a tranqüilidade de nossa vida por causa de males cuja existência ou hora são indeterminadas, devemos habituar-nos a encarar os primeiros como nunca devendo acontecer e os outros como seguramente não devendo acontecer tão cedo.

Schopenhauer, *Aforismos para a sabedoria de vida*

A inquietação, o temor, o abatimento não afastam a morte; ao contrário. Duvido apenas que o riso excessivo convenha aos homens, que são mortais.

La Bruyère, *Os caracteres*

Tudo que te acontecer estava preparado para ti desde toda eternidade; o encadeamento das causas havia tecido juntos para sempre tua substância e esse acontecimento.

Marco Aurélio, *Meditações*

Se os heróis nunca sentissem medo, onde estaria o mérito?

Alphonse Daudet, *Tartarin de Tarascon*

O que nos causa medo é tão-somente o mistério. É preciso acabar com o mistério. É preciso que os homens desçam ao fundo desse poço sombrio, e tornem a subir, e digam que nada encontraram.

Antoine de Saint-Exupéry, *Vôo noturno*

.3.
Superar a infelicidade e a tristeza

Certas provações parecem-nos insuperáveis e certas tristezas, sem consolo. Podemos imaginar-nos sobrevivendo à perda de um ente querido? Como reencontrar gosto na vida quando aquele ou aquela que amamos nos abandona? Será possível suplantar as devastações de uma paixão? Será possível suportar a doença ou a decadência, nossa ou de alguém próximo?

Para suportar a desventura é preciso tê-la previsto, dizem-nos basicamente os filósofos. De fato, é na felicidade que se prepara a infelicidade, assim como é no verão que fazemos provisão para o inverno. Portanto, precisamos preparar-nos para o infortúnio, não para atraí-lo mas para encará-lo como algo possível e com que teremos de conviver, se for o caso. É desfrutando a felicidade atual que, se assim podemos dizer, ganhamos forças para afrontar as provações. "A desgraça que pode atingir um pode atingir qualquer um", lembra Sêneca. Um modo de enfatizar que o infortúnio de outrem é também um ensinamento. Apoiando ou auxiliando nossos próximos em seu sofrimento, estamos ajudando nós mesmos a prever um eventual golpe da sorte.

Sabemos que as desventuras nos engrandecem, mesmo que esse tipo de frase pareça incongruente quando estamos mergulhados no desatino e no sofrimento. Entretanto, não devemos subestimar nossas capacidades de resistir às provações. "Não há árvore que o vento não tenha sacudido", dizem os indianos.

Por fim, apesar da infelicidade, é preciso continuar a ter confiança. Confiança na vida, confiança nos amanhãs que cantam e na primavera que se renova.

A mais escura noite tem sempre um final luminoso.

Poeta persa

Não menosprezar o mal por ser pouco, pois um mal nunca vem só; andam encadeados, assim como as venturas.

Gracián, *A arte da prudência*

Deves partilhar o pesar e a dor, pois se os carregares sozinho o infortúnio redobra e torna-se insustentável.

Gracián, *A arte da prudência*

Não se deve despertar o infortúnio que dorme.

Gracián, *A arte da prudência*

Porque então esta ocorrência seria uma infelicidade, mais do que a outra uma felicidade? Em suma, chamas de revés para um homem o que não é um revés para a natureza do homem? (...) Acaso essa ocorrência te impede de ser justo, magnânimo, sábio, circunspecto, ponderado, sincero, discreto, livre etc. – todas virtudes cuja reunião faz que a natureza do homem recolha os bens que lhe são próprios? Aliás, em todo acontecimento que te fizer sofrer, lembra-te de aplicar o seguinte princípio: "isto não é um revés, mas sim é uma felicidade suportá-lo nobremente".

Marco Aurélio, *Meditações*

Geralmente a infelicidade só entra pela porta que lhe tivermos aberto.

Provérbio chinês

Uma felicidade que coisa alguma nunca perturbou desmorona ao menor golpe.

Sêneca, *Da providência*

Enganamo-nos ao imaginar que o infortúnio faz exceções: por mais tempo que sua felicidade perdure, mesmo assim um dia todo homem terá sua parcela de infelicidade. Julgamo-la afastada e ela só está adiada.

Sêneca, *Da providência*

Deveria haver no coração fontes inesgotáveis de dor para certas perdas. Dificilmente é por virtude ou por força de espírito que saímos de uma grande aflição: choramos amargamente e ficamos sinceramente afetados; mas em seguida somos tão fracos ou tão levianos que nos consolamos.

La Bruyère, *Os caracteres*

Às vezes uma bela casa que herdamos, um bom cavalo ou um bonito cachorro de que nos tornamos donos, uma tapeçaria, um relógio, é o suficiente para amenizar uma grande dor e para tornar menos sentida uma grande perda.

La Bruyère, *Os caracteres*

O pintarroxo e o morcego

Numa gaiola pendurada no vão de uma janela, um pintarroxo passava as noites cantando. Um morcego ouviu seu trinado, aproximou-se e perguntou-lhe por que razão ele ficava calado de dia e cantava à noite. O pintarroxo respondeu-lhe que não era por simples capricho; ele fora capturado de dia por causa de seu canto, e a partir daí aprendera a lição. Ao que o morcego retrucou-lhe:

"Mas essas tuas precauções, não deves tomá-las agora que são inúteis; deverias ter pensado nelas antes de seres apanhado!"

A fábula mostra que o arrependimento é inútil quando sobrevém o infortúnio.

Esopo, *Fábulas*

Os pescadores de pedregulhos

Pescadores estavam puxando uma rede de arrasto. Como estivesse pesada, rejubilavam-se e dançavam, acreditando que haviam feito uma grande pescaria. Mas quando a puxaram para a margem só encontraram nela pouco peixe: estava cheia de pedregulhos e de detritos diversos. Ficaram muito descontentes; deploravam não tanto sua desventura quanto o fato de haverem previsto um resultado diferente. Então um deles, um velho, disse-lhes: "Basta, companheiros! Parece que a alegria é irmã da tristeza; e, de qualquer modo, nós, que tanto nos alegramos antecipadamente, tínhamos mesmo de sofrer algum revés."

Quanto a nós, devemos considerar como o curso da vida é rápido em inverter-se, para não presumirmos que teremos sempre o mesmo sucesso, e para lembrarmos que mesmo o céu mais sereno acaba por cobrir-se de nuvens.

Esopo, *Fábulas*

Nada me parece mais lamentável do que um homem que nunca houver conhecido a infelicidade.

Demétrio

Quando sobrevém a provação, é tarde demais para prepararmos a alma para assumi-la.

Sêneca, *Da tranqüilidade da alma*

Acontece de uma sorte próspera caber a pessoas comuns e a espíritos banais. Mas triunfar sobre os infortúnios e sobre o que assusta os mortais, eis aí o que distingue os grandes homens! Estar constantemente imerso na bem-aventurança, atravessar a vida sem conhecer a menor angústia é ignorar metade da realidade.

Sêneca, *Da providência*

O infortúnio não faz distinções e, em seu percurso errante, pousa hoje sobre um e amanhã sobre outro.

Ésquilo, *Prometeu acorrentado*

A infelicidade pode ser uma ponte para a felicidade.

Ditado japonês

.4.

Aceitar a morte

Quaisquer que sejam as formas de pensar nela, de abordá-la ou de representá-la, quer considerando-a como uma passagem, um final ou um renascimento, a morte é definitivamente a obsessão dos vivos. Quando ela vai atacar? Onde e a quem? Como? Por quê? É um fato: o espectro do desenlace final desespera-nos e assombra-nos. "Só se morre uma vez, e é por tão longo tempo..." (Molière)

O assunto já foi abundantemente tratado, tão secular é o medo da morte. Os filósofos ensinam a não temê-la. "Ela é apenas um espantalho", dizia Sócrates. É a transformação lógica de tudo que nasce, pois tudo o que vive muda e evolui, explica Marco Aurélio. Ademais, afirmam eles, devemos viver em harmonia com a natureza, desfrutar plenamente o momento atual, para que a morte nos pareça menos assustadora. Assim como os frutos, inicialmente verdes, amadurecem e finalmente caem da árvore, temos de aceitar nossa própria "prescrição" como dentro da ordem natural das coisas.

Há também a morte dos que nos são caros. Essa ausência definitiva, insuportável e inconcebível. Vamos encontrá-los no além? Voltarão eles sob uma outra forma, num outro corpo? Mais uma vez os antigos, na falta de uma resposta a essas muitas indagações, dizem-nos, com seu bom senso, que não há melhor modo de suportar a ausência dos que amamos do que precisamente amá-los e desfrutar de seu convívio enquanto estão aqui.

Desmitificar a morte

A morte não é nada. Simplesmente passei para o cômodo ao lado. Eu sou eu. Vós sois vós. O que éramos uns para os outros, continuamos a ser. Dai-me o nome que sempre me destes. Falai de mim como sempre fizestes. Não empregueis um tom diferente, não adoteis um ar solene ou triste. Continuai a rir do que nos fazia rir juntos. Deveis rir, sorrir, pensar em mim, orar por mim. Que meu nome seja pronunciado como sempre foi, sem qualquer espécie de ênfase, sem vestígio de sombra. A Vida significa tudo o que sempre significou. É o que sempre foi. O fio não está rompido. Por que eu ficaria fora de vosso pensamento simplesmente por estar fora de vossa vista?

Estou esperando-vos. Não estou longe, apenas do outro lado do caminho. Como vedes, tudo vai bem.

Charles Péguy

Apenas a aparência das coisas separa os que partem dos que ficam.

Anônimo

A morte não tem a menor relação conosco; pois o que está desfeito é insensível, e o que é insensível não tem a menor relação conosco.

Epicuro, *Máximas capitais*

Se um dos deuses te dissesse: "morrerás amanhã ou, no máximo, depois de amanhã", já não darias grande importância a que isso acontecesse daqui a dois dias em vez de amanhã – a menos que fosses o maior dos ignorantes, pois o que significa esse adiamento? Da mesma forma, não julgueis que tenha grande importância morrer daqui a muitos anos e não amanhã.

Marco Aurélio, *Meditações*

Que é morrer? Se considerarmos a morte em si mesma, e se, dividindo sua noção, afastarmos dela os fantasmas de que está revestida, já não restará outra coisa para pensarmos, a não ser que se trata de uma ação natural. Ora, quem teme uma ação natural é uma criança. Entretanto, a morte não é apenas uma ação natural; é também uma obra útil à natureza.

Marco Aurélio, *Meditações*

Não deves menosprezar a morte, e sim dar-lhe boa acolhida, como sendo uma das coisas desejadas pela natureza. De fato, o que são a juventude, a velhice, o crescimento, a maturidade, o aparecimento dos dentes, da barba e dos cabelos brancos, a fecundação, a gravidez, o nascimento e todas as outras atividades naturais que as estações de tua vida trazem, tal é também tua própria dissolução. Assim, é típico de um homem ponderado, em face da morte, não se comportar com hostilidade, veemência e desdém, e sim aguardá-la como uma ação natural. E da mesma forma como hoje aguardarás o instante em que o filho que tua mulher carrega dentro de si sairá de seu ventre, deves igualmente esperar a hora em que tua alma se desprenderá de seu invólucro.

E, se quiseres mais um preceito muito simples, que te toque o coração e em meio a tudo te torne condescendente com relação à morte: dirige tua atenção para as coisas de que vais separar-te e para os costumes em que tua alma já não estará imiscuída. Entretanto não deves entrar em choque com os homens, e sim mostrar interesse por eles e suportá-los com brandura, sem no entanto esquecer que a morte te libertará dos homens que não têm os mesmos princípios que tu. Com efeito, a única coisa – se é que há alguma – que poderia prender-te à vida e reter-te aqui é que te fosse permitido viver com homens que honrassem os mesmos princípios que tu. Mas agora bem vês quanto cansaço ocasiona o desacordo na existência em comum, a ponto de levar-te a dizer: "Apressa-te, ó morte, de medo que, por acaso, também eu me esqueça de mim mesmo."

Marco Aurélio, *Meditações*

Nem o sol nem a morte podem ser olhados fixamente.

La Rochefoucauld, *Máximas*

O que há de penoso em retornarmos à nossa origem? Viverá mal quem não souber morrer bem. É assim que devemos começar por desdramatizar a morte e negar à vida qualquer valor. Como diz Cícero, antipatizamos com os gladiadores que desejam a todo custo ter a vida poupada; em contrapartida, concedemos-lhes nossa simpatia se demonstrarem claramente que menosprezam a vida. Fica sabendo que a nós acontece exatamente a mesma coisa: freqüentemente morremos por ter medo de morrer.

Sêneca, *Da tranqüilidade da alma*

Mais um pouquinho, o tempo de uma pausa no vento, e uma outra mulher estará me dando à luz.

Khalil Gibran, *O profeta*

A morte só vem uma vez e se faz sentir em todos os momentos da vida: é mais difícil de assimilar que de sofrer.

La Bruyère, *Os caracteres*

Temos esperança de envelhecer e tememos a velhice; ou seja, amamos a vida e fugimos da morte.

La Bruyère, *Os caracteres*

Pois nada há a temer no fato de viver, para quem houver verdadeiramente compreendido que nada há a temer no fato de não viver. Tanto assim que é tolo aquele que diz temer a morte não porque o afligirá quando chegar e sim porque o aflige a idéia de que ela chegará. Pois a morte – que, quando chega, não nos causa embaraço – provoca uma aflição estéril quando esperamos por ela.

Epicuro, *Carta a Meneceu*

O que perturba os homens não são as coisas e sim os julgamentos que eles fazem sobre essas coisas. Assim, a morte nada tem de assustador; Sócrates não a viu assim. Mas o que é assustador é o julgamento que fazemos sobre a morte, declarando-a assustadora. Portanto, quando formos cerceados, perturbados, magoados, nunca devemos pôr a culpa em outrem e sim em nós mesmos, isto é, em nossos julgamentos pessoais. Acusar outrem pelos próprios infortúnios é típico do ignorante; culpar a si mesmo é típico do homem que começa a instruir-se; não acusar nem a outrem nem a si mesmo é típico do homem perfeitamente instruído.

Epicteto, *Manual*

Não és mais que uma mísera alma que sustenta um cadáver.

Epicteto, *Manual*

Para quem considera que só é bom o que ocorre na hora certa, para quem é indiferente realizar um número maior ou menor de ações conformes com a reta razão, para quem pouco importa contemplar o mundo menos ou mais longamente – para esse homem a morte nada tem de temível.

Marco Aurélio, *Pensamentos*

Deves considerar incessantemente que tudo que nasce provém de uma transformação, e habituar-te a pensar que para a natureza universal nada é mais prazeroso do que transformar o que existe, a fim de formar novos seres semelhantes. De um certo modo, todo ser é a semente do ser que deve vir dele.

Marco Aurélio, *Meditações*

A morte é uma apoteose quando desperta a admiração daqueles a quem aterroriza.

Sêneca, *Da providência*

Durante toda a vida temos de aprender a viver e – o que talvez seja mais surpreendente – durante toda a vida temos de aprender a morrer.

Sêneca, *Da brevidade da vida*

Quem temer a morte nunca fará algo de bom ao longo da vida; quem, ao contrário, souber que, quando foi concebido, seu destino já fora ajustado, viverá em harmonia com essa convenção e ao mesmo tempo, com a mesma força de ânimo, distinguir-se-á por não deixar acontecimento algum apanhá-lo desprevenido. Na verdade, considerando antecipadamente toda eventualidade como devendo realizar-se, amortecerá o choque de todos seus infortúnios. Quando estamos preparados e à espera, esse choque não produz qualquer efeito extraordinário; mas quando nos julgamos bem protegidos e só pensamos na felicidade, ele se faz sentir duramente.

Sêneca, *Da tranqüilidade da alma*

Bem viver e bem morrer é a ciência das ciências.

Cristina da Suécia, *Máximas*

Por mais agradável e gloriosa que seja a vida, seríamos muito infelizes se ela não acabasse.

Cristina da Suécia, *Máximas*

Todo homem que teme a morte é incapaz de algo grandioso.

Cristina da Suécia, *Máximas*

Com a velhice a natureza dispõe-nos para a morte; pouco a pouco, vai desgostando-nos da vida, por meio das doenças e dos incômodos que lhes são inseparáveis. Morreríamos quase inconsoláveis se não envelhecêssemos.

Cristina da Suécia, *Máximas*

Não importa de que maneira nascemos; mas importa de que maneira morremos.

Cristina da Suécia, *Máximas*

A morte de entes queridos

Na imaginação dos sobreviventes, os mortos nunca cessam de morrer.

Alain, *Considerações sobre a felicidade*

Os mortos pesam menos por sua ausência do que por aquilo que – entre eles e nós – não foi dito.

Susanna Tamaro, *Vai aonde te levar o coração*

Não nos entristeçamos por havê-la perdido: sejamos gratos por havê-la tido.

Santo Agostinho (sobre a morte de sua mãe)

Os mortos são os primeiros a esquecer os vivos; levam sobre eles essa triste vantagem.

Cristina da Suécia, *Máximas*

Uma longa doença parece colocar-se entre a vida e a morte para que a morte mesma se torne um alívio tanto para os que morrem como para os que ficam.

La Bruyère, *Os caracteres*

Quantos homens admiráveis, e que tinham talentos belíssimos, morreram antes que falassem deles! Quantos vivem ainda dos quais não se fala e dos quais nunca se falará!

La Bruyère, *Os caracteres*

Uva verde, uva madura, uva passa, tudo é mudança: não para não mais ser, e sim para tornar-se o que ainda não é.

Marco Aurélio, *Meditações*

. 5 .

Evitar conflitos

Há períodos idílicos; e há os "quinze minutos infernais" – aqueles momentos em que nada dá certo, em que não nos compreendemos, em que os elementos parecem ter-se mancomunado contra nós. Porém os conflitos têm sua utilidade. Por um lado, porque externam um mal-estar ou um sentimento reprimido. Por outro lado, porque possibilitam que nos meçamos com outrem, que nos afirmemos, o que nunca é totalmente negativo. Mas não devemos exagerar. Em grandes doses, as discórdias podem ser destruidoras. Precisamos saber entregar os pontos, baixar os braços, erguer a bandeira branca. "O prazer das brigas está em fazer as pazes", lembra Alfred de Musset. Assim, é preciso saber encerrar uma discussão, compreender o que a desencadeou, ouvir e aceitar os argumentos do outro, levá-los em conta no futuro.

Não temos o menor poder sobre as paixões enquanto não conhecermos suas verdadeiras causas.

Alain, *Considerações sobre a felicidade*

A vida não é mais que "um mau quarto de hora" composto de momentos deliciosos.

Oscar Wilde, *Aforismos*

Quanto a teus inimigos, deves deixar sempre uma porta aberta para a reconciliação.

Gracián, *A arte da prudência*

Não há melhor vingança que o esquecimento.

Gracián, *A arte da prudência*

O homem de bem não briga com ninguém e, na medida do possível, impede os outros de fazê-lo.

Epicteto, *Discursos*

O javali e a raposa

Um javali estava afiando suas presas ao pé de uma árvore. Uma raposa perguntou-lhe por que se dava a tanto trabalho sendo que nem caçador nem perigo o ameaçavam. Respondeu o javali: "Não é em vão que faço isso: em caso de perigo, não teria tempo de afiá-las, mas assim estarão prontas para ser usadas."

A fábula ensina que as precauções devem ser tomadas antes da hora do perigo.

Esopo, *Fábulas*

Quando fores ofendido por uma falta de outrem, deves prontamente olhar para ti mesmo e ver se não tens em teu ativo alguma falta semelhante – por exemplo, por encarar como um bem o dinheiro, o prazer, as gloríolas e outras coisas parecidas. Empenhando-te nisso, logo terás esquecido teu ressentimento, assim que te acudir este pensamento: "Ele é coagido a isso. Que pode fazer?" Ou então, se puderes, liberta-o dessa coação.

Marco Aurélio, *Meditações*

Numa briga, aquele que primeiro se cala é o mais digno de louvor.

Provérbio hebreu

É por fraqueza que odiamos um inimigo e pensamos em vingar-nos dele; é por preguiça que nos acalmamos e não nos vingamos.

La Bruyère, *Os caracteres*

.6.

Precaver-se contra a maldade, a vulgaridade e a traição

As relações humanas acontecem de tal forma que ninguém pode ter certeza de escapar da maldade ou de não ser traído algum dia. O melhor meio para prevenir-se é ficar em guarda. Tornamo-nos maus como ficamos doentes, escreveu Voltaire. Portanto, devemos tratar de nossos assuntos com prudência, ser discretos, não humilhar nem menosprezar. Quando outros tentarem conspurcar-nos, devemos procurar manter a dignidade e nos atermos à nossa linha de conduta. Marco Aurélio e Cristina da Suécia oportunamente aconselham que nos coloquemos acima das injúrias e das ofensas. Esopo, por sua vez, recorda as regras elementares de prudência que devem comandar as relações humanas: não confies em quem não merece confiança, escolhe com precaução teus amigos e lembra-te de que freqüentemente o mal que fizeres se volta contra ti. "Pois a maldade bebe uma parte de seu próprio veneno", enfatiza Sêneca numa carta a Lucílio.

Sobre a maldade

É monstruoso perceber que as pessoas dizem nas nossas costas coisas que são absoluta e totalmente verídicas.

Oscar Wilde, *Aforismos*

Os homens são tão poltrões! Achincalham todas as leis do mundo e temem as más línguas.

Oscar Wilde, *Aforismos*

Quem peca, é contra si mesmo que peca; quem é injusto, é a si mesmo que prejudica ao tornar-se mau.

Marco Aurélio, *Meditações*

Freqüentemente somos injustos por omissão, e não apenas por ação.

Marco Aurélio, *Meditações*

Há muitas espécies de ingratos, assim como há muitas espécies de ladrões ou de homicidas: o delito é um, mas diverso até o infinito em suas manifestações. Ingrato quem nega ter recebido o benefício que recebeu. Ingrato quem o dissimula. Ingrato quem não o retribui. Mais ingrato que todos, quem o esquece! Com efeito, os primeiros, por não saldarem, continuam devedores, e pelo menos lhes resta, enterrado no fundo de uma consciência faltosa, um vestígio dos favores recebidos; às vezes, algum motivo pode levá-los ao reconhecimento, se forem despertados pela vergonha, pelo súbito desejo de uma boa ação (tal como às vezes surge passageiramente até mesmo no coração dos maus) ou incitados por uma circunstância que lhes facilite a tarefa. Mas é incapaz de reconhecimento aquele a quem houver fugido totalmente o benefício que recebeu. E quem qualificas de mais faltoso: aquele em quem está extinta a gratidão ou aquele em quem está extinta até mesmo a lembrança do bem que recebeu? Doentes os olhos que temem a luz; cegos os que não a vêem! Se não amar os pais é impiedade, não reconhecê-los é demência!

Sêneca, *Dos benefícios*

Adquirir má fama é muito fácil, porém é um fardo pesado para carregar e do qual é difícil desembaraçar-se. A fama que a multidão dos homens propaga nunca perece inteiramente: também ela é uma divindade.

Hesíodo, *Os trabalhos e os dias*

O mal que praticamos não nos atrai tanta perseguição e ódio quanto nossas boas qualidades.

La Rochefoucauld, *Máximas*

Há pessoas más que seriam menos perigosas se não tivessem bondade alguma.

La Rochefoucauld, *Máximas*

Aqueles que, sem nos conhecerem suficientemente, pensam mal de nós, não nos prejudicam: não é a nós que atacam, é ao fantasma de sua imaginação.

La Bruyère, *Os caracteres*

Nunca somos tão bem punidos quanto por nossas virtudes.

Nietzsche, *Além do bem e do mal*

Quem fala mal sempre ouve pior.

Gracián, *A arte da prudência*

Seria preciso ter tanta força e coragem para ser mau quanto é preciso, neste século corrompido, para ser um homem de bem.

Montesquieu, *Elogio da sinceridade*

Deixamos a ingenuidade para os pobres de espírito, como marca de sua imbecilidade. A franqueza é encarada como um vício na educação. Não exigimos que o coração seja nobre; basta agir como os outros. É como nos retratos, de que nada se exige exceto que sejam parecidos.

Montesquieu, *Elogio da sinceridade*

Informarmo-nos sobre o que os homens dizem de nós é honrá-los em demasia.

Cristina da Suécia, *Máximas*

Saber tirar proveito dos inimigos

Todas as coisas devem ser tomadas não pelo gume, pois feririam, mas pela empunhadura, para que defendam; mais ainda a rivalidade. O homem sábio tira mais proveito de seus inimigos do que o tolo de seus amigos. O malquerer costuma aplanar montanhas de dificuldade que a benevolência não ousaria enfrentar. (...) O homem sensato faz da ojeriza dos outros um espelho, mais fiel que o da afeição, e subtrai à maledicência os defeitos, ou corrige-os; pois é grande a cautela quando se vive lado a lado com rivais, com inimigos.

Gracián, *A arte da prudência*

Duas coisas abreviam a vida: a tolice e a maldade.

Gracián, *A arte da prudência*

O que melhor explica como o homem desonesto, e às vezes mesmo o tolo, quase sempre são mais bem sucedidos em abrir seu caminho no mundo do que o homem honesto e o homem de espírito é que o desonesto e o tolo têm menos dificuldade para pôr-se a par e no ritmo do mundo, que geralmente é apenas desonestidade e tolice; ao passo que o homem honesto e o homem sensato, não conseguindo entrar prontamente em comércio com o mundo, perdem um tempo precioso para a fortuna. Os primeiros são mercadores que, conhecendo a língua do país, vendem e se abastecem imediatamente. Os outros, ao contrário, são obrigados a aprender a língua de seus fornecedores e de seus fregueses; e antes mesmo de expor a mercadoria e de entrar em entendimento com eles, desinteressam-se de aprender essa língua e vão embora sem fazer a primeira venda.

Chamfort, *Máximas e pensamentos*

Sobre a vulgaridade

Todo crime é vulgar, exatamente como toda vulgaridade é crime.

Oscar Wilde, *Aforismos*

Há entre os homens muito mais vivacidade do que gosto; ou, dizendo melhor, há poucos homens cujo espírito seja acompanhado de um gosto seguro e de uma crítica judiciosa.

La Bruyère, *Os caracteres*

A zombaria freqüentemente é indigência de espírito.

La Bruyère, *Os caracteres*

Recusa os convites para comer com pessoas vulgares. Se a ocasião exigi-lo, concentra a atenção em nunca te rebaixares a maneiras grosseiras. Com efeito, deves saber que, se teu vizinho se sujar, não podes roçar nele sem forçosamente te sujares, por mais asseado que sejas pessoalmente.

Epicteto, *Manual*

Sobre a traição

Se aqueceres uma serpente em teu seio, ela te morderá.

Esopo, *Fábulas*

Quem tudo promete nada promete; promessa é passo em falso para tolos.

Gracián, *A arte da prudência*

A águia e a raposa

Tendo ficado amigas, uma águia e uma raposa haviam decidido tornar-se vizinhas, para que o hábito estreitasse os laços de amizade. Assim, a águia voou para o topo de uma grande árvore e fez ali seu ninho; a raposa meteu-se nos arbustos ao pé da árvore, para ali parir seus filhotes. Ora, um dia em que ela saíra em busca de alimento, a águia, em sua penúria, voou para o meio dos arbustos e arrebatou os filhotes da raposa, com os quais ela e suas aguiazinhas se regalaram. Ao voltar, a raposa compreendeu o que acontecera, e afligiu-se não tanto pela morte dos filhotes como por sua incapacidade de vingá-los: ela, que vivia no chão, não podia perseguir um pássaro. Por isso teve de manter-se afastada e apegar-se ao único recurso dos impotentes e dos fracos: maldizer o inimigo. Entretanto, a águia não tardou a sofrer o castigo por sua má-fé. Um dia, no campo, quando estavam oferecendo em sacrifício uma cabra, ela furtou do altar uma víscera ainda em fogo e levou-a para seu ninho. Mal a depositara em meio aos ramos quando um vento violento elevou-se e fez saltar de um raminho de palha seca uma chama viva; as aguiazinhas foram consumidas pelo fogo, pois ainda eram novas demais para voar, e caíram no chão. A raposa acorreu, e ante os olhos da águia devorou-as até a última.

A fábula mostra que aqueles que atraiçoam a amizade talvez escapem da vingança de suas vítimas muito fracas, mas não podem escapar do castigo divino.

Esopo, *Fábulas*

O burro, a raposa e o leão

Depois de concluírem um acordo, o burro e a raposa saíram caçar. Ora, um leão cruzou-lhes o caminho. Ante a iminência do perigo, a raposa aproximou-se do leão e comprometeu-se, em troca de imunidade, a entregar-lhe o burro. O leão prometeu-lhe a liberdade; assim sendo, a raposa atraiu o burro para uma armadilha em que o fez cair. Então o leão, vendo que o burro não conseguiria escapar, agarrou a raposa antes de voltar-se contra ele.

Da mesma forma, quem tramar a perda de seus associados freqüentemente causará a sua própria, sem o perceber.

Esopo, *Fábulas*

O único segredo para não ser enganado é acreditar pouco e trabalhar muito. Ainda assim, não é o bastante.

Cristina da Suécia, *Máximas*

Quando a fortuna abandona os homens, tudo os abandona.

Cristina da Suécia, *Máximas*

Os velhacos não poderiam passar sem os tolos.

Cristina da Suécia, *Máximas*

.7.

Evitar o ciúme

O ciúme é como um espinho no pé: ficamos sentindo-o continuamente, onde quer que estejamos. É um veneno que destrói tudo por onde passa. Há duas espécies de ciúme: o da pessoa apaixonada que, cheia de suspeitas, vê o perigo em toda parte e desconfia de tudo; e o do invejoso que não consegue contentar-se com o que tem e cobiça os bens ou a felicidade de outrem. Em ambos os casos, trata-se de um sentimento nefasto, que aniquila e corrompe tudo e que pode até mesmo levar à loucura.

Nas relações amorosas, o ciúme não é uma prova de amor, como quase sempre se acredita. Ele revela uma falta de confiança, tanto em si como no outro – que é suspeito de praticar todas as baixezas assim que o ciumento vira as costas. O pris-

ma do ciúme distorce tudo. Como um espelho deformador, o acontecimento mais inofensivo assume uma proporção desmedida: um atraso é interpretado como uma prova, um sorriso a um desconhecido é uma traição, um silêncio é uma admissão de culpa, e assim por diante. Em vez de alimentar o amor, mata-o. Afasta o outro e isola quem está em suas garras.

Nas relações sociais, ele prejudica a amizade, altera a confiança, torna tudo estéril. De fato, é impossível nos alegrarmos com a felicidade de um amigo se secretamente o invejamos; impossível compartilhar, confraternizar. O ciúme é inimigo da serenidade, da abnegação, da generosidade. É absolutamente necessário dominá-lo, pois seguramente é o maior de todos os males, como enfatiza La Rochefoucauld.

Não devemos invejar ninguém; pois os homens de bem não merecem ser invejados; e os homens maus, quanto melhor for sua sorte, mais corrompem a si mesmos.

Epicuro, *Sentenças vaticanas*

Quem desejar ser livre não deve sentir nem atração nem repulsa por coisa alguma que dependa dos outros; do contrário, fatalmente será infeliz.

Epicteto, *Manual*

A desgraça extingue os ódios e as invejas.

La Bruyère, *Os caracteres*

Os homens sempre desaprovam o que não são capazes de fazer.

Cristina da Suécia, *Máximas*

No ciúme há mais amor-próprio do que amor.

La Rochefoucauld, *Máximas*

De certa forma, o ciúme é justo e lógico, pois tende apenas a conservar um bem que nos pertence ou que julgamos pertencer-nos; já a inveja é um desatino que não pode suportar os bens dos outros.

La Rochefoucauld, *Máximas*

O ciúme é o maior de todos os males e o que menos desperta piedade nas pessoas que o causam.

La Rochefoucauld, *Máximas*

O ciúme sempre nasce com o amor, mas nem sempre morre com ele.

La Rochefoucauld, *Máximas*

Poucas pessoas lembram que foram jovens e como lhes era difícil ser castas e moderadas. A primeira coisa que acontece com os homens depois de renunciarem aos prazeres (por conveniências sociais, ou por cansaço, ou pela saúde) é condená-los nos outros. Nessa conduta entra uma espécie de apego às próprias coisas que acabamos de deixar de lado: gostaríamos que um bem que já não existe para nós não existisse também para o restante do mundo; é um sentimento de ciúme.

La Bruyère, *Os caracteres*

Por mais aborrecimento que nos cause termos a nosso encargo um necessitado, pouco apreciamos as novas vantagens que finalmente o subtraem de nossa sujeição; da mesma forma, a alegria que sentimos ante a ascensão de um amigo é um tanto contrabalançada pelo leve dissabor de vê-lo acima de nós ou igualando-nos. Assim nos harmonizamos mal com nós mesmos: pois queremos ter dependentes e que isso nada custe; também queremos o bem de nossos amigos e se ele acontecer nem sempre começamos por rejubilar-nos.

La Bruyère, *Os caracteres*

O ciúme amamenta-se nas dúvidas e torna-se furor; ou então acaba , tão logo se passa da dúvida à certeza.

La Rochefoucauld, *Máximas*

Quando somos jovens, é comum sermos pobres: ou ainda não adquirimos bens ou não nos calharam heranças. Tornamo-nos ricos e velhos ao mesmo tempo; é tão raro os homens conseguirem reunir todos os privilégios! E se isso acontece a alguns, não há por que invejá-los:

eles têm a perder com a morte o bastante para merecerem compaixão.

La Bruyère, *Os caracteres*

O homem que diz que não nasceu feliz poderia pelo menos tornar-se feliz com a felicidade de seus amigos ou parentes. A inveja rouba-lhe esse derradeiro recurso.

La Bruyère, *Os caracteres*

Todos nós estamos atados à Fortuna: para uns, as correntes são de ouro e folgadas; para outros, apertadas e grosseiras; mas que importa? Estamos todos sob as cadeias da mesma prisão; e os que mantêm acorrentados os outros também o estão igualmente, a menos que queiras acreditar que uma corrente é menos pesada do lado esquerdo. Um certo homem é cerceado pelas honrarias, um outro pela riqueza; alguns portam o fardo de um nascimento ilustre, outros, o do anonimato; estes aqui curvam a cabeça sob a tirania de outrem, aqueles são sua própria tirania; um tem o domicílio determinado por seu exílio, outro por seu sacerdócio. Toda vida é uma escravidão.

Sêneca, *Da tranqüilidade da alma*

A lembrança da juventude é terna nos velhos: eles amam os lugares onde a passaram; as pessoas com quem travaram conhecimento naquele tempo lhes são caras; recorrem a algumas palavras da primeira linguagem que falaram; são partidários da antiga maneira de cantar e da velha dança; gabam as modas que então imperavam em roupas, móveis, acessórios. Ainda não conseguem desaprovar coisas que serviam suas paixões, que eram tão úteis a seus prazeres e que os trazem à memória. Como poderiam preferir-lhes costumes novos e modas muito recentes em que não têm a menor participação, de que nada esperam, que os jovens fizeram e dos quais por sua vez obtêm tão grandes trunfos contra a velhice?

La Bruyère, *Os caracteres*

.8.

Saber perdoar e esquecer

Saber esquecer

Mais do que uma arte, é uma felicidade. As coisas que mais devemos esquecer são as que mais lembramos. A memória não apenas faz a impertinência de faltar quando é mais necessária como também a tolice de surgir quando não conviria: no que causa desgosto ela é pródiga e no que haveria de causar gosto é descuidada. Às vezes o remédio para o mal consiste em esquecê-lo, e esquecemos o remédio. Portanto, devemos habituar a memória a costumes tão cômodos, pois ela basta para proporcionar felicidade ou inferno.

Gracián, *A arte da prudência*

É preciso saber punir e saber perdoar.

Cristina da Suécia, *Máximas*

As manifestações de indiferença vingam nobremente os grandes corações.

Cristina da Suécia, *Máximas*

Quando um homem houver cometido uma falta contra ti, deves considerar prontamente qual opinião ele tem sobre o bem e o mal para haver cometido tal falta. Isso porque, quando o souberes, não sentirás espanto nem cólera e sim piedade por ele. Pois ou também ainda tens a respeito do bem a mesma opinião que ele, ou uma outra análoga; e portanto deves perdoá-lo. Se porém já não compartilhas suas opiniões sobre o bem e o mal, mais facilmente serás benevolente com quem não sabe distingui-los.

Marco Aurélio, *Meditações*

Precisaremos primeiramente conhecer muitas coisas, antes de nos pronunciarmos sobre uma ação de outrem com conhecimento de causa. (...) Quando te indignares ou te afligires desmedidamente, pensa que a vida é muito curta e que dentro em pouco jazeremos.

Marco Aurélio, *Meditações*

Desistir da vingança

Vingar-se de uma ofensa é colocar-se no nível do inimigo; perdoá-la é colocar-se acima dele.

Provérbio inglês

Alguém comete uma falta contra mim? É problema dele. Ele tem sua disposição pessoal, sua atividade pessoal. Quanto a mim, tenho neste momento o que a natureza comum a todos quer que eu tenha neste momento, e faço o que minha natureza exige que eu faça neste momento.

Marco Aurélio, *Meditações*

Menosprezar as injúrias é vingar-se delas.

Cristina da Suécia, *Máximas*

Praticar uma má ação para vingar-se é punir-se.

Cristina da Suécia, *Máximas*

Quem tiver a consciência segura de que não mereceu uma determinada censura pode desdenhá-la, e a desdenhará.

Schopenhauer, *Aforismos para a sabedoria de vida*

O sangue não se lava com sangue e sim com água.

Provérbio turco

A água não se detém nas montanhas, nem a vingança num coração nobre.

Provérbio chinês

.9.

Ter consciência da fragilidade das coisas

"Já que nada perdura, tudo se equivale", dizem os otomanos. Arrastados no turbilhão cotidiano de nossas atividades, temos a tendência de deixar para depois coisas que no entanto são importantes: telefonar para os pais, escrever uma carta (ou enviar um fax, um e-mail) para um amigo que está longe, ou simplesmente dizer a alguém que o amamos. "Tenho toda a vida pela frente", pensamos – e freqüentemente estamos enganados. Pois a vida é frágil. Tudo passa, tudo acaba. Aqueles que amamos afastam-se, morrem, e então já é tarde demais para tomarmos consciência da importância que tinham para nós. Devemos ter sempre em mente a precariedade de todas as coisas. Assim, uma das regras da felicidade

consiste em vivermos cada um de nossos dias como se fosse o último. E aproveitar a vida com conhecimento de causa.

Tudo é efêmero – tanto o fato de lembrar como o objeto da lembrança.

Marco Aurélio, *Meditações*

Ontem à noite, quebrei minha taça contra uma pedra...
Fiquei tonto por haver agido assim,
E a taça me disse, em sua linguagem mística:
"Fui como tu, um dia serás como eu."

Omar Khayyam, *Quadras*

Vi ontem no bazar um oleiro
Pisoteando com furor sua argila;
E disse-lhe a argila, em sua linguagem mística:
"Outrora eu estava viva, como tu; sê menos brutal."

Omar Khayyam, *Quadras*

"Eu não pensava que isso fosse acontecer." "Quem imaginaria que tal coisa pudesse ocorrer?" E por que não? Qual é a riqueza que não tem em seu encalço a pobreza, a fome e a mendicância? Qual é o cargo honorífico em que a toga pretexta, o bastão augural e as sandálias patrícias não são escoltados pelas humilhações, pela repreensão censória, por mil afrontas e o pior desprezo? Qual é o poder que não corre o risco de desmoronar, de ser alijado, que não está à mercê de um novo senhor, de um carrasco? E não é preciso muito tempo para passar de um extremo a outro: uma única hora é suficiente para descer do trono e implorar de joelhos!

Sêneca, *Da tranqüilidade da alma*

Aprende pois para o futuro que toda situação está sujeita a reviravolta e que tudo que acontece a algum outro pode acontecer também a ti.

Sêneca, *Da tranqüilidade da alma*

Contempla atrás de ti a infinidade do tempo; e, à tua frente, um outro infinito. Nessa imensidão, em que diferem aquele que tiver vivido três dias e aquele que tiver durado três vezes a idade do gereniano?

Marco Aurélio, *Meditações*

Lembra-te disto: dentro de pouquíssimo tempo, tu e ele estareis ambos mortos; e logo em seguida nada restará, nem mesmo vossos nomes.

Marco Aurélio, *Meditações*

Por quanto tempo ainda seremos escravos dos problemas cotidianos?

Que importa vivermos um ano ou um dia neste mundo?

Bebe uma taça de vinho,

Antes de nos tornarmos jarros no ateliê do oleiro.

Omar Khayyam, *Quadras*

Considera há quanto tempo vens deixando para depois e quantas vezes, tendo recebido dos deuses oportunidades de ficares quite, não as aproveitaste. Mas finalmente é preciso, agora mesmo, que sintas de qual mundo fazes parte, e de qual ser, regente do mundo, és uma emanação, e que um tempo limitado te circunscreve. Se não o aproveitares para conquistar a serenidade, este momento passará; também tu passarás, e ele nunca mais há de voltar.

Marco Aurélio, *Meditações*

Pela rua do "Mais tarde" chega-se à praça do "Nunca".

Provérbio espanhol

Não ajas como se devesses viver milhares de anos. O inevitável está suspenso sobre ti. Enquanto estás vivo, enquanto é possível, torna-te um homem de bem.

Marco Aurélio, *Meditações*

Como tudo se desvanece rapidamente: os corpos no mundo, sua lembrança no tempo!

Marco Aurélio, *Meditações*

Precisarás contar com algumas disposições, de corpo e de alma, quando a morte surpreender-te. Pensa na brevidade da vida, no abismo do tempo que existe atrás e à frente de ti, na fragilidade de toda matéria.

Marco Aurélio, *Meditações*

A maioria dos homens que vivem no mundo vivem aqui tão atordoadamente, pensam tão pouco, que não conhecem este mundo que têm sempre ante os olhos.

Chamfort, *Máximas e pensamentos*

. Quinta parte .

Sobre os aliados da serenidade

Nossos comportamentos na vida diária determinam em grande parte nossa aptidão para ser felizes, se admitirmos de uma vez por todas que a felicidade está em nós, como ensinam os filósofos. Assim, precisamos aceitar que as coisas nem sempre se encaminham como desejamos, diz Epiteto. Mas também, de nossa parte, precisamos amar-nos e ser brandos, procurar o sossego e a solidão, "o elemento dos grandes espíritos", lembra Cristina da Suécia. Devemos controlar-nos, evitar a cólera, ser simples, não nos agitarmos por qualquer motivo, conservar o bom humor e a capacidade de nos deslumbrarmos. E ainda, não cair no cinismo e no sarcasmo. Por fim, temos de desfrutar plenamente o momento atual, o único que realmente possuímos. "Cada dia separadamente é uma vida em separado", afirma Sêneca.

A serenidade é um pouco de tudo isso ao mesmo tempo. As reflexões das páginas seguintes auxiliarão o leitor a conquistá-la.

Aceitação

Em todas as coisas, devemos fazer o que depende de nós, e quanto ao restante permanecermos firmes e tranqüilos. Sou obrigado a embarcar; que devo fazer? Escolher bem o navio, o piloto, os marinheiros, a estação, o dia, o vento – isso é tudo o que depende de mim. Quando estou em pleno mar, sobrevem uma grande tempestade; isso já não é assunto meu, é assunto do piloto. O navio está afundando; que devo fazer? Faço o que depende de mim, não me ponho a gritar, não me atormento. Sei que tudo que nasceu deve morrer; essa é a lei geral; portanto, tenho de morrer. Não sou a eternidade; sou um homem, uma parte do todo, como uma hora é uma parte do dia. Uma hora vem e passa; também eu venho e passo; a maneira de passar é indiferente: seja pela febre ou pela água, tudo é a mesma coisa.

Epicteto, *Discursos*

Abnegação

Quanto mais nos despojamos dessas coisas e de outras semelhantes, mais suportamos ser despojados delas e mais somos homens de bem.

Marco Aurélio, *Meditações*

Lembra-te de que deves te comportar como num banquete. O prato que está circulando chega a ti? Estende a mão e serve-te moderadamente. Ele passa distante de ti? Não o procures. Demora para chegar? Não lances de longe sobre ele teu desejo; espera até que chegue a ti. Assim deves ser com teus filhos, com tua mulher, com os cargos públicos, com a riqueza, e merecerás um dia ser conviva dos deuses. Mas se nada tomares do que te é servido, se o considerares com indiferença, então serás não apenas conviva dos deuses: tornar-te-ás também seu colega. Foi agindo assim que Diógenes, Heráclito e outros como eles mereceram ser chamados exatamente do que eram: seres divinos.

Epicteto, *Manual*

Queres vencer nos Jogos Olímpicos? Eu também, pelos deuses! pois é um nobre triunfo. Mas primeiro deves examinar os antecedentes e os conseqüentes desse projeto, e só então empreendê-lo. Tens de disciplinar-te, regrar tua alimentação, abster-te de guloseimas, fazer exercícios forçados e adaptados à hora, ao calor, ao frio, não beber água gelada nem vinho a todo momento; em resumo, tens de entregar-te a teu treinador como a um médico. Em seguida, na arena, tens de cavar a terra, talvez deslocar a mão, torcer o tornozelo, engolir muita poeira, às vezes também ser chicoteado – e, depois de tudo isso, podes ser derrotado.

Epicteto, *Manual*

Quando uma idéia de prazer apresentar-se à tua mente, cuida – como para as outras idéias – de não ceder a ela. Em vez disso, deixa para agir depois e obtém de ti um adiamento. Em seguida, compara os dois momentos: aquele em que desfrutarás o prazer e aquele em que, tendo desfrutado, te arrependerás e te recriminarás. Contrapõe a esses pensamentos a alegria que sentirás. E, se as circunstâncias exigirem que ajas, cuida para não te deixares vencer pelo que a coisa te oferece de doce, agradável e atraente. Recompensa a ti mesmo pensando como é preferível ter consciência de que obtiveste essa vitória.

Epicteto, *Manual*

O rouxinol e o gavião

Empoleirado num alto carvalho, um rouxinol cantava como de hábito. Um gavião avistou-o; nada tendo para comer, mergulhou sobre ele e agarrou-o. Vendo-se em perigo de morte, sua vítima pediu-lhe que a soltasse, alegando que sozinha não seria suficiente para encher o estômago de um gavião: se ele precisava de comida, deveria atacar aves maiores. Ao que o gavião respondeu: "Louco seria eu se largasse o alimento que tenho nas garras para caçar o que ainda nem avistei!"

Isso vale também para os homens: é absurdo, na expectativa de outros bens maiores, deixar escapar entre os dedos o que já se tem.

Esopo, *Fábulas*

O camponês e seus filhos

Um camponês estava à beira da morte. Desejando transmitir aos filhos alguma experiência do amanho da terra, mandou chamá-los e disse-lhes: "Meus filhos, numa de minhas vinhas está enterrado um tesouro." Depois que ele morreu, os filhos, com suas relhas e enxadões, reviraram o solo de toda a propriedade. Não encontraram tesouro algum; mas a vinha, com a terra afofada, deu-lhes uma colheita sem precedente.

Foi assim que eles compreenderam que o esforço é o tesouro do homem.

Esopo, *Fábulas*

Diante de bens que não possuímos, dizemos com muita freqüência: "Ah, se isso fosse meu!", e esse pensamento é que nos faz sentir a privação. Em vez disso, deveríamos perguntar-nos com maior freqüência: "Como seria se isto aqui não me pertencesse?" Quero dizer que às vezes deveríamos esforçar-nos para imaginar os bens que possuímos tais como os veríamos depois de tê-los perdido; e refiro-me aqui a bens de toda espécie: riqueza, saúde, amigos, amante, esposa, filho, cavalo e cão; pois quase sempre a perda das coisas é que nos ensina seu valor. Ao contrário, o método que aqui recomendamos terá como primeiro resultado fazer que a posse deles nos torne imediatamente mais felizes do que antes; e em segundo lugar fará que tomemos todas as precauções possíveis contra sua perda: não arriscaremos nossas posses, não irritaremos nossos amigos, não exporemos à tentação a fidelidade de nossa mulher, cuidaremos da saúde de nossos filhos, e assim por diante. Muitas vezes procuramos alegrar as cores monótonas do presente com especulações sobre possibilidades favoráveis da sorte, e imaginamos todas espécies de esperanças quiméricas, todas elas prenhes de decepções; e estas inevitavelmente irrompem, tão logo aquelas vêm partir-se contra a dura realidade. Mais valeria escolher para tema de nossas especulações as possibilidades ruins; isso nos levaria a tomar disposições a fim de afastá-las e ocasionalmente nos proporcionaria agradáveis surpresas, quando tais eventualidades não se cumprissem. Acaso não ficamos muito mais alegres ao sair de algum lance penoso? Chega a ser salutar representarmos na mente certas grandes desgraças que eventualmente podem vir atingir-nos; isso nos ajuda a suportar com maior facilidade males menos graves quando efetivamente vêm afligir-nos, pois então nos consolamos voltando o pensamento para aqueles infortúnios de grande vulto que não se realizaram.

Schopenhauer, *Aforismos para a sabedoria de vida*

Amar a si mesmo

Amar a si mesmo é o início de uma vida de paixão amorosa.

Oscar Wilde, *Aforismos*

Torna-te amigo de ti mesmo e poderás viver só.

Gracián, *A arte da prudência*

Estima-te, se quiseres que te estimem; sê mais avaro do que pródigo de ti. Faze-te desejado e serás bem recebido. Nunca venhas se não te chamarem e nunca vás se não te enviarem.

Gracián, *A arte da prudência*

A partir de agora, considera-te digno de viver como homem feito e maduro para progredir. Que tudo o que te parecer o melhor seja para ti uma lei inviolável.

Epicteto, *Manual*

Considera-te digno de toda palavra e de toda ação conformes com a natureza. Não te deixes desviar, nem pela crítica de uns nem pelos propósitos que dela possam resultar. Mas, se for conveniente agir ou falar, não te julgues indigno disso. Os outros têm seus princípios particulares de direção e lidam com seus instintos particulares. Quanto a ti, não te inquietes com isso: prossegue retamente teu caminho, deixando-te conduzir por tua própria natureza e pela natureza universal; ambas seguem uma única via.

Marco Aurélio, *Meditações*

Só amar unicamente o que te acontece e o que constitui a trama da vida. De fato, haverá algo que melhor te convenha?

Marco Aurélio, *Meditações*

Muitas vezes admirei-me de que cada homem, amando a si mesmo de preferência a todos, no entanto se preocupe menos com a opinião que tem de si do que com a que os outros têm sobre ele. Isso é tão verdadeiro que, se um deus surgisse a seu lado ou um preceptor sábio lhe ordenasse não pensar coisa alguma, e não conceber em si coisa alguma sem prontamente expressá-la em voz alta, ele não poderia, nem sequer um só dia, resignar-se a isso. Assim, conhecemos mais a opinião de nossos vizinhos sobre nós do que a nossa própria.

Marco Aurélio, *Meditações*

E o que caracteriza a alma racional é também o amor ao próximo, a sinceridade, o pudor, a obrigação de estimar-se de preferência a tudo – o que também caracteriza a lei.

Marco Aurélio, *Meditações*

(Os estóicos) pretendem que a partir do momento em que um animal nasce (...) ele está voltado para si mesmo e tem uma tendência a preservar-se, a amar sua natureza e tudo o que é capaz de conservá-la; e também que ele se afasta da destruição e de tudo o que poderia concorrer para sua destruição. E provam-no assim: mesmo antes de haver sentido o prazer ou a dor, os filhotes procuram o que lhes é útil e evitam o que lhes é prejudicial; isso não aconteceria se não fossem apegados à sua natureza e não temessem a destruição dela. Por outro lado, não poderia acontecer de terem qualquer desejo se não tivessem qualquer consciência de si mesmos e com ela qualquer amor a si mesmos. Disso se deve concluir que o amor a si mesmo foi o primeiro princípio.

Cícero, *De finibus*

A melhor filosofia, com relação ao mundo, é aliar para com ele o sarcasmo da alegria com a indulgência do menosprezo.

Chamfort, *Máximas e pensamentos*

A natureza não me disse: "não sejas pobre"; menos ainda: "sê rico". Porém ela me brada: "sê independente".

Chamfort, *Máximas e pensamentos*

No final das contas, amamos nossos desejos e não o que desejávamos.

Nietzsche, *Além do bem e do mal*

De um modo geral, poucas pessoas têm fé em si mesmas; e ainda assim, algumas trazem essa fé do nascimento, como uma cegueira necessária ou como um obscurecimento parcial da mente (que espetáculo veriam se pudessem olhar no fundo de si mesmas!). As outras têm de adquiri-la: tudo o que fazem de bom, de sólido, de grande é antes de mais nada um argumento contra o cético que nelas habita; trata-se de convencer ou de persuadir esse cético, o que exige quase genialidade. São os grandes descontentes de si.

Nietzsche, *Além do bem e do mal*

É importante provarmos a nós mesmos que estamos destinados à independência e ao comando, e isso no momento certo. Não devemos fugir da obrigação de pôr-nos à prova, embora talvez não haja jogo mais arriscado e em última análise se trate apenas de provas em que nós mesmos somos as testemunhas e os únicos juízes. Não nos apegarmos a pessoa alguma, mesmo à mais amada – toda pessoa é uma prisão, e também um refúgio. Não nos apegarmos a pátria alguma, mesmo à mais sofredora e mais necessitada – já é menos difícil desapegarmos nosso coração de uma pátria vitoriosa. Não nos apegarmos a compaixão alguma, ainda que dirigida a homens superiores dos quais um acaso nos revele o raro martírio e o abandono. Não nos apegarmos a ciência alguma, ainda que nos atraia com a promessa das mais valiosas descobertas, das descobertas que ela pareça reservar-nos. Não nos apegarmos a nosso próprio desapego, a essa volúpia da distância que é a do pássaro voando cada vez mais alto para ver o espaço ampliar-se sob suas asas – é o risco de quem voa. Não nos apegarmos a nossas virtudes e não sacrificarmos nosso ser total a uma particularidade qualquer, por exemplo ao gosto pela "hospitalidade" – risco por excelência das almas nobres e ricas, que são pródigas e como descuidosas de si mesmas e levam até o vício a virtude da generosidade. Devemos saber guardar-nos; essa é a prova mais forte de independência.

Nietzsche, *Além do bem e do mal*

Deves nunca perder o respeito por ti mesmo nem teres por que enrubescer quando a sós contigo. Que tua própria consciência seja a norma de tua retidão e devas mais à severidade de suas leis do que a todos os preceitos externos. Abstém-te de fazer o que não é decente, mais por temor a teu próprio discernimento do que pelo rigor da autoridade alheia. O homem que teme a si mesmo não necessita do pedagogo imaginário de Sêneca.

Gracián, *A arte da prudência*

Saber poupar-se de pesares

É sensatez muito útil fugir de desgostos. A prudência evita muitos; é parteira da felicidade e portanto da alegria. Más notícias nada valem, nem para se dar nem para se receber; a elas só se deve abrir a porta do remédio. Há pessoas que estragam os ouvidos por ouvirem adulações muito doces; outras, por escutarem intrigas amargas; e algumas que não saberiam viver sem um dissabor por dia, não mais que Mitrídates sem veneno. Tampouco é regra de preservação querer dar a si um pesar por toda a vida a fim de por uma vez dar prazer a outrem, ainda que seja o mais querido. Nunca se deve pecar contra a própria felicidade para comprazer quem aconselha e se mantém de lado; e em toda situação, sempre que coincidirem o prazer a outrem e o desprazer a si, é lição pertinente que mais vale o outro desgostar-se agora do que tu depois, e sem remédio.

Gracián, *A arte da prudência*

Estar descontente consigo mesmo é fraqueza; estar contente é estultice.

Gracián, *A arte da prudência*

Devemos cuidar bem de nós mesmos e conceder-nos de tempos em tempos um descanso que nos alimente e restaure. Também é preciso passear sem destino e em campo aberto, para que a visão do céu e o ar livre nos dêem um estímulo salutar; ocasionalmente um passeio em liteira, uma viagem, um afastamento nos fortalecerão; ou ainda uma refeição um pouco mais regada a vinho que habitualmente. Não hesitemos, de vez em quando, em embriagar-nos, não para nos afogarmos no vinho mas para buscar nele uma trégua; pois a embriaguez dissipa as preocupações, sacode-nos profundamente e cura a morosidade, assim como cura certas doenças. O inventor do vinho não foi chamado de *Liber* porque este libera a língua, mas sim porque liberta nossa alma das preocupações que a escravizam, sustenta-a, tonifica-a, devolve-lhe ânimo para todos seus empreendimentos.

Sêneca, *Da tranqüilidade da alma*

Por mais que nos falem bem de nós, não nos contam nenhuma novidade.

La Rochefoucauld, *Máximas*

As violências que praticam contra nós freqüentemente causam menos sofrimento do que as que praticamos contra nós mesmos.

La Rochefoucauld, *Máximas*

Aniquilamos nossas próprias características por temor de atrair os olhares e as atenções, e precipitamo-nos na nulidade para evitarmos o risco de ser retratados.

Chamfort, *Máximas e pensamentos*

Sossego

"O ideal do sossego está num gato sentado", observou Jules Renard em seu Diário. *O sossego é aliado da serenidade. É uma característica das pessoas que vivem em harmonia*

consigo mesmas. Para nos sentirmos vivos, não há a menor necessidade de vivermos em meio ao barulho e à agitação. Para tranqüilizar-se e encontrar a si mesmo, o homem precisa estar só; por isso, nunca deveríamos evitar a solidão e a tranqüilidade que a acompanha.

A moderação das pessoas felizes provém da calma que a boa fortuna dá a seu temperamento.

La Rochefoucauld, *Máximas*

A vida justa é a mais desprovida de perturbação; a vida injusta é repleta da maior perturbação.

Epicuro, *Sentenças vaticanas*

Quem tem tranqüilidade não pode ser perturbado nem por si mesmo nem por outrem.

Epicuro, *Sentenças vaticanas*

A calma ou a agitação de nosso humor depende não tanto do que nos acontece de mais importante na vida quanto da combinação conveniente ou desagradável de pequenas coisas que nos acontecem todos os dias.

La Rochefoucauld, *Máximas*

Assim como é típico dos grandes espíritos expressarem em poucas palavras muitas coisas, os espíritos pobres, ao contrário, têm o dom de muito falar e nada dizer.

La Rochefoucauld, *Máximas*

Precisamos libertar-nos pessoalmente da prisão dos assuntos cotidianos e públicos.

Epicuro, *Sentenças vaticanas*

Se puderes, com tuas palavras conduze para assuntos adequados as conversas daqueles com quem vives. Mas se te vires isolado em meio a estranhos, cala-te.

Epicteto, *Manual*

Como é fácil repelir e pôr de lado todo e qualquer pensamento desagradável ou impróprio e prontamente ficar em perfeita calma!

Marco Aurélio, *Meditações*

Estamos sempre procurando refúgios no campo, nas praias, nas montanhas. E tu mesmo costumas ansiar ardentemente por esses locais de isolamento. Mas tudo isso é uma opinião geral das mais vulgares, pois podes, na hora que quiseres, te retirares para dentro de ti mesmo. De fato, em parte alguma o homem encontra refúgio mais tranqüilo e mais sossegado do que dentro de sua própria alma, sobretudo se ele possuir no íntimo aquelas noções nas quais basta nos concentrarmos para prontamente adquirirmos uma quietude absoluta; e por quietude entendo simplesmente uma ordem perfeita.

Marco Aurélio, *Meditações*

Deves ter sempre presentes no espírito estes três pensamentos:

Quanto a tuas ações, que elas não sejam executadas ao acaso, nem diferentemente do que a própria justiça as executaria. Quanto aos eventos externos, pensa que provêm ou do acaso ou da Providência, e que não se deve nem criticar o acaso nem acusar a Providência.

Em segundo lugar, pensa no que acontece a cada homem desde a concepção até a primeira manifestação de vida, e desde esse momento até ele entregar a alma. De quais elementos se compõe o homem? Em quais elementos se decomporá?

Em terceiro lugar, supõe que, subitamente alçado aos ares, contemplas lá do alto as coisas humanas e sua mobilidade: como as desprezarias ao ver nesse mesmo momento a imensa amplidão em que se movem os habitantes do ar e das regiões etéreas! E toda vez que subisses tornarias a ver as mesmas coisas, sua uniformidade, sua curta duração. Será esse um motivo de orgulho?

Marco Aurélio, *Meditações*

Toda a vida há de ser pensada, para não extraviar-se.

Gracián, *A arte da prudência*

Procuramos saber como permitir que a alma siga um curso sempre uniforme e favorável, seja benevolente consigo mesma, contemple com alegria o que lhe é próprio, não interrompa esse prazer e conserve a serenidade sem nunca exaltar-se nem desanimar. Tranqüilidade será isso. Procuremos saber como alcançá-la, sem entrar nos casos particulares: essa medicação valerá para todos; dela escolherás apenas o que quiseres.

Sêneca, *Da tranqüilidade da alma*

Tentemos não deixar-nos apanhar por esse turbilhão que arrasta uma multidão de pessoas alternadamente para as casas particulares, os teatros e os fóruns: elas se oferecem para resolver os assuntos de outrem, dando a impressão de estar constantemente em plena azáfama. Pergunte-se a uma delas quando estiver saindo de casa: "Aonde vais? Quais são teus planos?" e ela responderá: "Por Hércules! Não tenho a menor idéia, mas encontrarei pessoas, acabarei achando algo para fazer."

Sêneca, *Da tranqüilidade da alma*

Também devemos recolher-nos em nós mesmos com freqüência, pois o convívio com pessoas diferentes de nós perturba-nos o equilíbrio, aviva nossas paixões e põe em evidência tudo o que em nós é fragil ou não está completamente curado. Dito isso, devemos combinar por alternância a solidão e a vida em sociedade. A solidão fará que ansiemos pela companhia dos homens, e a sociedade, por nossa própria companhia; uma servirá de remédio para a outra e vice-versa: nosso horror da multidão encontrará cura na solidão, e nosso fastio da solidão, na multidão.

Sêneca, *Da tranqüilidade da alma*

Não te convido a um descanso estéril e apático, nem a afogar no sono e nos prazeres valorizados pela grande maioria das pessoas o que há em ti de vitalidade natural. Descansar não é isso; descobrirás, mais amplas do que todas aquelas a que podes ter dedicado tua energia, tarefas que poderás realizar no isolamento e na tranqüilidade.

Sêneca, *Da brevidade da vida*

Quem quiser viver com a alma tranqüila deve evitar o exercício de muitas atividades particulares ou públicas.

Demócrito

Os homens sempre começam pelo amor, terminam pela ambição e freqüentemente só assumem uma atitude mais tranqüila quando morrem.

La Bruyère, *Os caracteres*

Somos mais felizes na solidão do que no convívio mundano. Será porque na solidão pensamos nas coisas e no convívio mundano somos forçados a pensar nos homens?

Chamfort, *Máximas e pensamentos*

O descanso é um encantamento que nos recompensa de todos os prazeres e de todas as grandezas. É essa paz preciosa que a tudo supera e que o mundo não poderia dar-nos.

Cristina da Suécia, *Máximas*

A solidão é o elemento dos grandes espíritos.

Cristina da Suécia, *Máximas*

O homem inteligente aspirará acima de tudo a evitar toda e qualquer dor, todo e qualquer aborrecimento, e a encontrar o descanso e o lazer; portanto, procurará uma vida tranqüila, modesta, protegida o mais possível contra os importunos; depois de manter durante algum tempo relações com o que denominamos "os homens", preferirá uma existência retirada, e, se for um espírito realmente superior, escolherá a solidão. Pois, quanto mais um homem possui dentro de si, menos necessita do mundo exterior e menos os outros podem ser-lhe úteis. Por isso a superioridade da inteligência leva à insociabilidade. Ah! Se a quantidade da sociedade pudesse ser substituída pela qualidade, então valeria a pena viver até mesmo na alta sociedade; mas, infelizmente, cem tolos amontoados ainda não somam um homem inteligente.

Schopenhauer, *Aforismos para a sabedoria de vida*

A influência totalmente benfazeja que uma vida retirada exerce sobre a tranqüilidade interior provém em grande parte de ela subtrair-nos à obrigação de viver constantemente sob os olhares dos outros e, conseqüentemente, aliviar-nos da constante preocupação com a possível opinião deles – o que tem como efeito devolver-nos a nós mesmos.

Schopenhauer, *Aforismos para a sabedoria de vida*

Também a verdadeira e profunda paz do coração e a perfeita tranqüilidade do espírito – esses supremos bens terrenos, depois da saúde – são encontradas apenas na solidão e, para ser permanentes, no isolamento absoluto. Quando então o *eu* é grande e rico, desfrutamos da condição mais feliz que se possa encontrar neste pobre mundo inferior. Sim, digamo-lo abertamente: por mais estreitamente que a amizade, o amor e o casamento unam os seres humanos, só queremos bem, inteiramente e de boa-fé, a nós mesmos ou no máximo também a nosso filho. Quanto menos precisarmos, devido a condições objetivas ou subjetivas, entrar em contato com os homens, melhor estaremos. A solidão, o deserto permitem-nos abarcar num único olhar todos nossos males, ou mesmo senti-los de uma só vez; a sociedade humana, ao contrário, é *insidiosa*: ela esconde males imensos, freqüentemente irreparáveis, sob uma aparência de passatempos, de conversas, de divertimentos mundanos e outras assim. Um estudo importante para os homens seria aprender desde cedo a suportar a solidão, essa fonte de ventura e de tranqüilidade intelectual.

Schopenhauer, *Aforismos para a sabedoria de vida*

A utilidade de manter a calma

Com efeito, irritar-se contra um fato qualquer é desenvolver-se fora da natureza, na qual estão contidas, enquanto partes, as naturezas de cada homem e de todo o restante dos seres. Portanto, a alma ofende a si mesma quando concebe aversão por um homem ou quando, para prejudicá-lo, levanta-se contra ele, tal como as almas dos homens encolerizados.

Marco Aurélio, *Meditações*

Quão mais penosas são as cóleras e as mágoas que sentimos do que as próprias coisas a propósito das quais nos encolerizamos e nos indignamos!

Marco Aurélio, *Meditações*

Deixar transparecer nas palavras ou na fisionomia cólera ou ódio é inútil, é perigoso, imprudente, ridículo, vulgar. Apenas por meio dos atos devemos demonstrar cólera ou ódio. Esta segunda maneira terá um êxito tanto mais seguro quanto melhor tivermos evitado a primeira. Os animais de sangue frio são os mais venenosos.

Schopenhauer, *Aforismos para a sabedoria de vida*

De qualquer maneira, o homem que mantém a calma nos reveses prova que sabe quão imensos e múltiplos são os males possíveis na vida, e que considera o infortúnio que nesse momento está acontecendo apenas como uma pequena parte do que poderia acontecer. Esse é o sentimento estóico, que leva a nunca estar "esquecido da condição humana"mas sim a lembrar incessantemente o triste e deplorável destino geral da existência do homem, bem como o número infinito de sofrimentos a que ela está exposta.

Schopenhauer, *Aforismos para a sabedoria de vida*

A principal razão pela qual um acontecimento infeliz é menos pesado de suportar quando antecipadamente o tivermos considerado como possível e tivermos tomado nosso partido sobre ele, como se diz, essa razão deve ser a seguinte: quando pensamos com calma numa desgraça antes que ela aconteça, como uma simples possibilidade, percebemos sua extensão claramente e de todos os ângulos, e então temos noção dela como algo finito e fácil de abarcar com o olhar; portanto, quando ela efetivamente acontece, não pode atuar com mais peso do que tem na realidade.

Schopenhauer, *Aforismos para a sabedoria de vida*

Por mais seguro e firme que sejas, não faças ninguém sofrer;

Que ninguém tenha de suportar o peso de tua cólera.

Se o desejo da paz eterna está em ti, deves sofrer sozinho,

Sem que ninguém possa, ó vítima, chamar-te de carrasco.

Omar Khayyam, *Quadras*

Saber resistir a um momento de cólera é poupar-se de um século de arrependimento.

Provérbio chinês

Confiança

Quem confiou seus segredos a outrem fez-se escravo dele.

Gracián, *A arte da prudência*

Como pretendemos que outra pessoa guarde nosso segredo, se nós mesmos não conseguimos guardá-lo?

La Rochefoucauld, *Máximas*

Um bom berço ou uma boa educação são praticamente as únicas coisas que tornam os homens capazes de guardar segredo.

La Bruyère, *Os caracteres*

Toda e qualquer confiança é perigosa se não for total: há poucas conjunturas em que não seja preciso dizer tudo ou ocultar tudo. Já teremos revelado demais de nosso segredo à pessoa a quem julgarmos que devemos ocultar uma circunstância.

La Bruyère, *Os caracteres*

Não tens hoje poder sobre amanhã;
A ansiedade pelo dia seguinte é inútil.
Se teu coração não é insensato, não te preocupes sequer com o presente;
Acaso sabes o que valerão os dias que te restam para viver?

Omar Khayyam, *Quadras*

Para ti pois, afirmo, deves escolher simplesmente e livremente o que vês de melhor, e persistir nessa escolha. O melhor é o útil.

Marco Aurélio, *Meditações*

Embora a sinceridade e a confiança estejam relacionadas, mesmo assim são diferentes em várias coisas. A sinceridade é um franqueamento do coração, que nos mostra tais como somos; é um amor à verdade, uma repugnância de nos disfarçarmos, um desejo de nos recuperarmos de nossos defeitos e mesmo de diminuí-los pelo mérito de confessá-los. A confiança não nos dá tanta liberdade; suas regras são mais estritas, ela requer mais prudência e contenção, e nem sempre podemos dispor livremente dela: não se trata unicamente de nós, e habitualmente nossos interesses estão misturados com os interesses dos outros. Ela requer uma grande exatidão, para não entregarmos nossos amigos ao nos entregarmos e para não presentearmos com o que é deles a fim de aumentar o valor do que damos.

A confiança sempre agrada a quem a recebe: é um tributo que pagamos a seu mérito; é um depósito que confiamos à sua boa-fé; são penhores que lhe dão um direito sobre nós, e uma espécie de dependência a que nos sujeitamos voluntariamente.

La Rochefoucauld, *Máximas*

Autoconhecimento

Freqüentemente somos nosso pior inimigo. Por isso, para progredirmos é importante conhecermos a nós mesmos, ainda que seja apenas para não repetir os mesmos erros. De fato, é dar prova de prudência e de lucidez termos a coragem de encarar quem somos, com nossos defeitos e qualidades. Quando aprendemos a conhecer-nos, temos controle sobre nossas capacidades, não nos enganamos a nosso respeito e podemos dominar-nos.

Quem teme a si mesmo nada mais tem a temer.

Provérbio chinês

É preciso conhecer a si mesmo. Ainda que isso não servisse para encontrar a verdade, serve pelo menos para governar a vida pessoal, e não há nada mais acertado.

Pascal, *Pensamentos*

É uma lição de prudência refletir sobre si mesmo, conhecer as próprias inclinações e preveni-las, e mesmo sopesar o outro extremo para encontrar entre a natureza e a arte o equilíbrio do discernimento. Conhecer a si mesmo é começar a emendar-se.

Gracián, *A arte da prudência*

Conhecer nosso ponto forte, a qualidade relevante, para cultivá-la e para aperfeiçoar as demais. Qualquer pessoa alcançaria proeminência em algo, se conhecesse seu ponto forte. Deves pois observar o teu e reforçar-lhe a aplicação. Em uns prevalece o discernimento e em outros, a coragem. Quase todos violentam o próprio gênio, e por isso nunca são excelentes em coisa alguma; o que a paixão lisonjeia com presteza, o tempo desmente tarde.

Gracián, *A arte da prudência*

Conhecer nosso defeito predominante

Cada homem tem um, que faz contrapeso à sua perfeição dominante; e se a inclinação favorecer, impera como tirano. Comecemos pois a fazer-lhe guerra, divulgando o empenho contra ele; e que o primeiro passo seja a declaração, pois se ele for conhecido será vencido; e principalmente se quem o possuir julgá-lo tão grave quanto parece aos outros. Para ser senhor de si é preciso marchar sobre si.

Gracián, *A arte da prudência*

O homem que não sabe encontrar o caminho de seu ideal leva uma vida mais frívola e mais insolente do que o homem sem ideal.

Nietzsche, *Além do bem e do mal*

Essa montanha constitui todo o encanto e todo o caráter da região que ela domina: isso nos sendo dito pela centésima vez, tornamo-nos bastante loucos e bastante agradecidos para acreditar que, proporcionando tal encanto, ela própria deve ser o que há de mais encantador na região. Escalamo-la e ficamos decepcionados. Subitamente o encantamento desaparece de suas encostas, da paisagem que nos cerca e da que se estende aos nossos pés; havíamos esquecido que, assim como muitas bondades, muitas grandezas precisam ser vistas a uma certa distância, e de baixo – detalhe capital, nunca do alto; não é assim que elas fazem efeito. Talvez conheças pessoas de tuas relações que só podem olhar para si mesmas de uma certa distância para se acharem suportáveis, sedutoras e estimulantes; o autoconhecimento é algo a ser-lhes desaconselhado.

Nietzsche, *A gaia ciência*

Os homens nunca são enganados a não ser por si mesmos.

Cristina da Suécia, *Máximas*

Para saber um mínimo sobre si mesmo é preciso saber tudo sobre os outros.

Oscar Wilde, *Aforismos*

Pois o que dá origem a uma vida de prazer não são os banquetes e as festas ininterruptas, nem os prazeres que temos com rapazes e mulheres, não mais do que os peixes e todos os outros alimentos que uma mesa abundante comporta, mas sim o raciocínio sóbrio que procura as causas de toda escolha e de toda recusa, e que rejeita as opiniões pelas quais um grande tumulto se apodera das almas.

Epicuro, *Carta a Meneceu*

A tudo que te for prescrito sê fiel, como a leis que não podes transgredir sem impiedade. Não importa o que digam de ti, não o leves em conta, pois já não depende mais de ti.

Epicteto, *Manual*

Todas as fontes externas de felicidade e de prazer são, por sua própria natureza, eminentemente incertas, equívocas, fugitivas, aleatórias e portanto sujeitas a esgotar-se facilmente, mesmo nas circunstâncias mais favoráveis; e isso é até mesmo inevitável, visto que não podemos tê-las sempre em nossas mãos. E muito mais ainda, com a idade quase todas fatalmente secam; pois então amor, brincadeiras, prazeres das viagens e da equitação, aptidão para figurar na alta sociedade, tudo isso nos abandona; a morte arranca-nos até mesmo dos amigos e parentes. Nesse momento, mais do que nunca, é importante sabermos o que temos por nós mesmos. Na verdade, essa é a única coisa que resistirá por mais tempo. Entretanto, em qualquer idade, sem distinção, essa é e permanece sendo a verdadeira fonte de felicidade, e a única permanente.

Schopenhauer, *Aforismos para a sabedoria de vida*

O servente que ajuda a erguer um edifício não conhece sua planta total, ou não a tem sempre diante dos olhos; essa é também a posição do homem enquanto está ocupado em desfiar um a um os dias e as horas de sua existência, com relação ao conjunto de sua vida e ao caráter total desta. Quanto mais digno, meritório, significativo e individual for o caráter, mais é necessário e benéfico para o indivíduo dar de vez em quando uma olhada na planta em pequena escala de sua vida. É verdade que para isso ele precisa já ter dado um primeiro passo no"conhece-te a ti mesmo": deve pois saber o que deseja realmente, primordialmente e acima de tudo; deve conhecer o que é essencial para sua felicidade, e o que vem apenas em segundo lugar, e depois na terceira fila; é preciso que ele se dê conta, globalmente, de sua vocação, de seu papel e de suas relações com o mundo. Se tudo isso for importante e elevado, então o aspecto da planta em pequena escala de sua vida irá fortalecê-lo, sustentá-lo, elevá-lo mais do que qualquer outra coisa; esse exame o encorajará para o trabalho e o desviará das trilhas que poderiam desnorteá-lo.

Schopenhauer, *Aforismos para a sabedoria de vida*

Nossas palavras refletem fielmente o estado de nossa alma.

São Francisco de Sales

A maioria dos homens, para atingir seus fins, são mais capazes de um grande esforço que de uma longa perseverança: ou a preguiça ou a inconstância leva-os a perder o fruto dos melhores inícios; freqüentemente se deixam ultrapassar por outros que iniciaram o percurso depois deles e que marcham com lentidão, mas com constância.

La Bruyère, *Os caracteres*

A raposa e as uvas

Uma raposa esfomeada avistou cachos de uva que pendiam de uma parreira e quis colhê-los, mas não os alcançou. Então foi embora, murmurando para si mesma: "Estão muito verdes."

Assim também certos homens, quando sua própria fraqueza os impede de atingir seus objetivos, culpam as circunstâncias.

Esopo, *Fábulas*

A criança ladrona e sua mãe

Ao voltar da escola, um menino entregou à mãe a tabuleta que furtara de um colega. Como a mãe, longe de censurá-lo, o felicitasse, roubou em seguida um manto e entregou-o a ela. A mãe elogiou-o mais ainda. A criança cresceu; tornando-se rapaz, passou a rapinagens mais significativas. Um dia, no entanto, foi apanhado em flagrante; levaram-no até o carrasco, com as mãos amarradas às costas. Sua mãe acompanhava-o, arrancando os cabelos. Ele disse então que queria cochichar-lhe algo. Assim que ela aproximou o ouvido, ele prendeu o lóbulo nos dentes e mordeu-o selvagemente. Ela censurou-lhe a impiedade: como se não bastassem seus crimes anteriores, ainda precisava mutilar a própria mãe! Ao que ele retorquiu: "Se no dia em que te levei a tabuleta, meu primeiro furto, tu me tivesses repreendido, eu não me veria agora na situação em que estou, sendo levado à morte."

A fábula mostra que um vício que não é prontamente corrigido só vai piorando.

Esopo, *Fábulas*

Freqüentemente o homem julga conduzir-se quando é conduzido; e, enquanto pelo espírito ele tende para um objetivo, seu coração arrasta-o insensivelmente para um outro.

La Rochefoucauld, *Máximas*

Os que se empenham demasiado nas pequenas coisas geralmente se tornam incapazes das grandes.

La Rochefoucauld, *Máximas*

Consciência

A consciência é o melhor livro do mundo. É o livro que devemos consultar com maior freqüência.

Pascal, *Pensamentos*

Pode-se lavar a túnica, mas não a consciência.

Provérbio persa

Cada qual deve agir de acordo com o que é, e não de acordo com o que os outros são.

Gracián, *A arte da prudência*

Muitos quebram o espelho porque lhes mostra sua própria feiúra.

Gracián, *A arte da prudência*

Que diz tua consciência? "Deves tornar-te o homem que és."

Nietzsche, *A gaia ciência*

As conseqüências de nossos atos agarram-nos pelos cabelos, sem cuidar de saber se nesse entretempo nos "corrigimos".

Nietzsche, *Além do bem e do mal*

O homem nunca é menos ele mesmo do que quando fala por sua própria conta. Fornecei-lhe uma máscara e ele vos dirá a verdade.

Oscar Wilde, *Aforismos*

É sempre em seu próprio detrimento que o homem sai da ambigüidade.

François Mitterrand

Podemos enganar todos os homens, mas não podemos enganar a nós mesmos.

Cristina da Suécia, *Máximas*

Toma cuidado para, abraçando sombras, não perderes a ti mesmo.

Esopo, *Fábulas*

Estamos tão acostumados a disfarçar-nos para os outros que por fim nos disfarçamos para nós mesmos.

La Rochefoucauld, *Máximas*

Uma justa avaliação do valor daquilo que somos em nós mesmos e por nós mesmos, em comparação com o que somos apenas aos olhos de outrem, muito contribuirá para nossa felicidade.

Schopenhauer, *Aforismos para a sabedoria de vida*

Os mesmos defeitos que nos outros são pesados e insuportáveis, em nós estão como em seu centro; já não pesam, já não os sentimos. Uma pessoa fala de uma outra e faz dela um retrato horrível, sem ver que está pintando a si mesma.

Nada nos corrigiria mais prontamente de nossos defeitos do que se fôssemos capazes de confessá-los e de reconhecê-los nos outros: é a essa distância adequada que, parecendo-nos tais como são, eles se fariam detestar tanto quanto merecem.

La Bruyère, *Os caracteres*

A cada acontecimento, deves ter ante os olhos aqueles a quem as mesmas coisas aconteceram; pensa em seguida nos que por causa delas se afligiam, se espantavam, se lamentavam. Onde estão eles agora? Em parte alguma. E então? queres, tu também, fazer como eles? Essas atitudes estranhas, não queres deixá-las para os que as tomam e são tomados por elas, e te empenhares integralmente em saber tirar proveito desses acontecimentos? Basta que tenhas a intenção e a vontade de ser um homem de bem em tudo que fizeres. E lembra-te destas duas máximas: que não importa a ocasião da ação...

Marco Aurélio, *Meditações*

As chagas da consciência não cicatrizam.

Provérbio latino

Coragem

Todos nós já pronunciamos algum dia frases do tipo: "nunca conseguirei isso", "nunca saberei fazer isso", "não tenho mais forças", "não sinto vontade" etc. Todos já ficamos tentados a recuar ante um obstáculo que nos parecia insuperável, ante uma tarefa aparentemente difícil demais, fora de nosso alcance... "Uma montanha, por mais alta que seja, teme um homem lento", diz um provérbio chinês. Isso quer dizer que nada é impossível para quem se der ao trabalho e armar-se de coragem. Então, vamos parar de limitar-nos por falta de confiança e de coragem. A coragem pode fazer-nos centuplicar nossas forças, ultrapassar nossos limites e realizar o que pensávamos nunca conseguir. Precisamos aprender a vencer a nós mesmos para cumprir grandes coisas e tomar as rédeas de nossa vida.

Se avançares, morres; se recuares, morres. Então, por que recuar?

Provérbio chinês

A coragem cresce ao ousar; e o medo, ao hesitar.

Provérbio latino

Assim como aqueles que põem obstáculos no caminho em que avanças de acordo com a reta razão não poderiam desviar-te de agir corretamente, assim também não possam eles desviar-te de lhes seres benevolente! Mas fica alerta para cumprires por igual essas duas coisas: não apenas um julgamento e uma conduta inabaláveis, mas também uma inabalável brandura para com os que tentarem entravar-te ou causar-te outros problemas. Seria fraqueza indignares-te contra eles, tanto quanto desistir da ação e ceder ao temor. Ambos são igualmente desertores: tanto quem treme como quem se torna um estranho para aqueles que a natureza tornou parentes e amigos nossos.

Marco Aurélio, *Meditações*

Quem houver praticado em sua vida uma grande ação não deve contentar-se com ela. Deve considerá-la insignificante e tentar superar-se sempre. Devemos estar sempre insatisfeitos conosco, por mais contentes conosco que os outros pareçam estar.

Cristina da Suécia, *Máximas*

O burro e a égua

Um burro e uma égua seguiam juntos. Constatando que seus fardos eram iguais, o burro, indignado, queixava-se de que a égua, considerada digna de uma ração dupla, não estivesse proporcionalmente mais carregada do que ele. Mas depois que fizeram um pouco do caminho, o burriqueiro, verificando que o burro não agüentava mais, aliviou-o de uma parte de seu fardo para com ele carregar a égua; e um pouco adiante, vendo-o mais esgotado ainda, aliviou-o de uma outra parte, até finalmente tirar do burro a carga toda e colocá-la sobre a égua. Então esta, lançando um olhar para seu companheiro, disse: "E então, não achas que mereço minha ração dupla?"

Também nós não devemos julgar as disposições de cada um pelo início, mas sim pelo final.

Esopo, *Fábulas*

O que for fácil deverá ser empreendido como difícil; e o difícil, como fácil.

Gracián, *A arte da prudência*

Como poderia ser bem sucedido um empreendimento que, tão logo concebido, já o está condenando o temor?

Gracián, *A arte da prudência*

Para ser valorizadas as coisas precisam custar.

Gracián, *A arte da prudência*

A coragem é, depois da prudência, uma condição essencial para nossa felicidade. É bem verdade que não nos damos nenhuma dessas duas qualidades; herdamos a primeira de nosso pai e a segunda de nossa mãe; entretanto, por uma resolução bem tomada e pela exercitação, conseguimos aumentar a parcela que delas possuímos. No mundo em que a sorte é de bronze, é preciso ter um caráter de bronze, encouraçado contra o destino e armado contra os homens. Pois toda esta vida não é mais que um combate; cada passo nos é disputado, e Voltaire diz com razão: "Neste mundo só somos bem sucedidos a ponta de espada, e morremos com as armas na mão." Por isso é próprio de uma alma covarde, assim que as nuvens se acumulam ou apenas despontam no horizonte, deixar-se abater, perder a coragem e gemer.

Schopenhauer, *Aforismos para a sabedoria de vida*

Se não quereis combater, é lícito fugir.

Sêneca, *Da providência*

Evitai os excessos de voluptuosidade, evitai os prazeres da frouxidão, que embotam a alma fazendo-a afundar no torpor de uma bebedeira permanente de onde nada vem chamá-la de volta para a percepção do destino humano! Vedes esse homem a quem anteparos protegem das correntes de ar, cujos pés se mantêm quentes pela aplicação de cataplasmas incessantemente renovados, cujas salas de jantar são equipadas com circuitos de ar quente nas paredes ou sob o piso? A mais leve brisa lhe será fatal.

Sêneca, *Da providência*

Sem adversidade a coragem afrouxa. Ela só resplandece com todo seu poder, com todo seu valor, quando os acontecimentos a solicitam. Convencei-vos disto: o homem de bem deve seguir este exemplo. Ele não deve temer nem o sofrimento nem os penares. Não deve queixar-se do destino e, não importa o que ocorra, tirará partido de tudo e transformará em vantagem qualquer risco. O que conta não é o que se enfrenta, é a maneira de enfrentar.

Sêneca, *Da providência*

Não temos força bastante para seguir totalmente nossa razão.

La Rochefoucauld, *Máximas*

Se cuidássemos de ser homens honrados tanto quanto cuidamos de parecê-lo, assim nos tornaríamos.

Cristina da Suécia, *Máximas*

Envelhecemos mais pela ociosidade do que pela idade.

Cristina da Suécia, *Máximas*

Se o mundo pudesse ver todos os motivos que as produzem, freqüentemente teríamos vergonha de nossas mais belas ações.

Cristina da Suécia, *Máximas*

Sinais de nobreza moral: nunca pensar em rebaixar os próprios deveres para transformá-los em deveres de todo mundo, nunca abdicar da responsabilidade pessoal, não pretender partilhá-la, incluir no rol dos deveres os próprios privilégios e o exercício desses privilégios.

Nietzsche, *Além do bem e do mal*

Não ter cinismo, ou saber maravilhar-se

Mais felizes são os que, entre mil defeitos, descobrem primeiro uma perfeição que ali se encontra por acaso.

Gracián, *A arte da prudência*

O prazer de criticar rouba-nos o prazer de ser vivamente tocados por coisas belíssimas.

La Bruyère, *Os caracteres*

De tempos em tempos aparecem na face da terra homens raros, de elite, que brilham por sua virtude e cujas qualidades eminentes lançam um brilho prodigioso. Semelhantes àquelas estrelas extraordinárias cujas origens ignoramos e das quais sabemos menos ainda o destino depois de desaparecerem, eles não têm antepassados nem descendentes: compõem sozinhos toda sua raça.

La Bruyère, *Os caracteres*

As paixões são o sal da vida, que sem elas é insípida.

Cristina da Suécia, *Máximas*

Na ciência da vida somos sempre aprendizes.

Cristina da Suécia, *Máximas*

Só deveríamos espantar-nos de ainda podermos espantar-nos.

La Rochefoucauld, *Máximas*

Deves olhar o fundo das coisas. Que de nenhuma a qualidade particular e o valor te passem despercebidos.

Marco Aurélio, *Meditações*

Alegria

Os temperamentos alegres são fascinantes porque encontram sempre, inclusive na adversidade, motivos de contentamento. É um verdadeiro talento saber ser bem humorado em qualquer circunstância. Tomar o partido de rir das contrariedades ainda é a melhor atitude a adotar para vencê-las. Isso denota uma força de caráter e uma vitalidade pouco comuns. A faculdade de ser alegre altera o relevo dos problemas: eles se aplainam por si mesmos. E, já que o riso e a alegria são característicos do homem, usemos e abusemos desses formidáveis "desestressantes". Como todos sabemos, um dia sem rir é um dia perdido.

É preciso rir antes de ser feliz, para não morrer sem ter rido.

La Bruyère, *Os caracteres*

O mais perdido de todos os dias é aquele em que não se riu.

Chamfort, *Máximas e pensamentos*

É preciso tudo relativizar e nada dramatizar: é mais conforme com a natureza humana rir da vida do que chorar por causa dela.

Sêneca, *Da tranqüilidade da alma*

Sem contar que prestamos melhor serviço ao gênero humano ao rir dele do que ao lamentar-nos por ele. No primeiro caso, deixamos a esperança de uma melhora, ao passo que no segundo deploramos estupidamente o que desesperamos de conseguir corrigir; para quem olhar objetivamente, demonstramos mais força de alma em não conter o riso do que em não reter as lágrimas, pois então provocamos apenas uma emoção muito leve e, graças a esse efeito sobre nós mesmos, nada parece importante, sério ou mesmo deplorável.

Sêneca, *Da tranqüilidade da alma*

Deixando-nos atormentar pelos males de outrem, tornamo-nos eternamente infelizes; divertindo-nos com eles, entregamo-nos a um prazer desumano.

Sêneca, *Da tranqüilidade da alma*

Não basta a substância, também se requer a circunstância. Maus modos estragam tudo, até mesmo a justiça e a razão. Bons modos suprem tudo; douram a recusa, adoçam a verdade e embelezam até a velhice. O *como* tem grande participação nas coisas. Maneiras bonitas são o ornamento da vida, desentrave singular para todo bom final.

Gracián, *A arte da prudência*

Ela é feliz porque o sol brilha, a chuva cai, o arco-íris estende suas cores e os passarinhos cantam para ela. Seu sono é profundo e suave, suas brincadeiras alegres e vivas, seu pão delicioso! Ela não conhece o segredo de ser descontente com o que possui.

Anônimo inglês

A alegria, essa forma suprema de insolência e de liberdade.

Anônimo

Spinoza diz que não é possível que o homem não tenha paixões, mas que o sábio forma em sua alma uma tal vastidão de pensamentos felizes que comparativamente suas paixões são muito pequenas. Sem segui-lo em seus caminhos difíceis, podemos porém, à sua imagem, conseguir para nós um grande volume de felicidades intencionais, como música, pintura, conversações, que, comparativamente, tornarão muito pequenas nossas melancolias.

Alain, *Considerações sobre a felicidade*

Um homem de talento e de renome, se for mal-humorado e austero, assusta os jovens, leva-os a pensar mal da virtude e faz que a suspeitem de excessivo rigor e de execução demasiadamente tediosa. Se, ao contrário, ele for de fácil convívio, é para os jovens uma lição útil: ensina-lhes que se pode viver alegre e laboriosamente, ter objetivos sérios sem renunciar aos prazeres honestos; torna-se para eles um exemplo que é possível seguir.

La Bruyère, *Os caracteres*

Mas o que, acima de tudo, contribui mais diretamente para nossa felicidade é um humor jovial, pois essa boa qualidade imediatamente encontra em si mesma sua recompensa. De fato, quem é alegre tem sempre motivo para sê-lo, justamente porque o é. Nada pode substituir todos os outros bens tão completamente quanto essa qualidade, ao passo que ela mesma não pode ser substituída por nada. Que um homem seja jovem, belo, rico e estimado; para poder julgar sobre sua felicidade, a questão será saber se, ademais, ele é alegre; em contrapartida, se for alegre, então pouco importa que seja jovem ou velho, bem-feito ou corcunda, pobre ou rico: é feliz. Quando muito jovem, li um dia num livro a seguinte frase:

"Quem ri muito é feliz e quem chora muito é infeliz." A observação é bastante tola; mas, por causa de sua veracidade tão simples, não pude esquecê-la, embora seja o superlativo de um truísmo. Por isso devemos, sempre que a alegria apresentar-se, abrir-lhe portas e janelas, pois ela nunca chega fora de hora; em vez de (como freqüentemente fazemos) hesitar em deixá-la entrar, desejando primeiramente verificar se, sob todos os aspectos, temos motivo para estar contentes, ou ainda para que ela não nos tire de meditações sérias ou de graves preocupações; e no entanto é muito duvidoso que estas possam melhorar nossa condição, ao passo que a alegria é um benefício imediato. Apenas ela é, por assim dizer, a moeda sonante da felicidade; todo o restante não passa de uma cédula bancária; pois apenas ela nos dá felicidade num presente imediato.

Schopenhauer, *Aforismos para a sabedoria de vida*

Na verdade, os temperamentos sombrios e inquietos terão de suportar globalmente mais infelicidades e sofrimentos imaginários, porém, em contrapartida, menos infelicidades reais do que os temperamentos alegres e despreocupados; pois quem vê tudo negro, quem está sempre apreensivo e portanto toma suas providências de acordo com isso, não sofrerá desilusões tão freqüentes quanto quem empresta a todas as coisas cores e perspectivas risonhas.

Schopenhauer, *Aforismos para a sabedoria de vida*

Assim, poderíamos dizer, os pássaros partilham com o homem o privilégio de rir, que a natureza recusa aos outros animais; por essa razão alguns pensam que o homem, que é definido como um animal inteligente ou racional, poderia igualmente ser qualificado como animal que ri, visto que o riso não o caracteriza menos especificamente do que a razão. Na verdade, é maravilhoso que no fundo do homem – de todas as criaturas a mais mísera e a mais atormentada – resida a faculdade de rir, alheia a qualquer outro animal. É maravilhoso também o uso que fazemos dessa faculdade, pois, lançados no mais cruel infortúnio, arrasados de tristeza, nauseados da vida, convictos da inutilidade dos bens humanos, praticamente inacessíveis à alegria e privados de toda esperança, mesmo assim não somos menos capazes de rir. Melhor ainda: quanto menos ignoram a inutilidade desses bens e a miséria da vida, quanto menos aptos estão para ter esperança e desfrutar, tanto mais esses seres singulares se mostram capazes de riso. Riso do qual mal é possível definir e elucidar a natureza, as motivações profundas e os modos, sobretudo no que se refere à alma – a menos que se diga que é uma espécie de loucura efêmera, ou mesmo de desvario e de delírio. Pois os homens, a quem nada pode realmente encantar e satisfazer, nunca podem ter um motivo pertinente e sensato para rir. Seria até curioso investigar por que e em qual ocasião o homem possivelmente fez uso e tomou consciência desse poder pela primeira vez.

Leopardi, *Elogio dos pássaros*

Se os pássaros se mostram – e efetivamente são – mais alegres do que os outros animais, não é sem razão. Na verdade, como indiquei de imediato, eles são, por natureza, mais bem dispostos para o prazer e a felicidade. Em primeiro lugar, parecem ignorar o tédio: a todo instante mudam de um lugar para outro, passando de região para região, sem atentar para as distâncias, elevando-se num impulso, com uma facilidade espantosa, do nível do solo até os mais altos espaços dos ares. Sentem ao longo da vida uma infinidade de impressões diferentes; fisicamente se desgastam sem medir e, por assim dizer, transbordam de vida exterior.

Leopardi, *Elogio dos pássaros*

Não te desgastes tanto em insensata tristeza; em vez disso, festeja.

No caminho da injustiça, deves dar o exemplo da justiça,

Já que o fim deste mundo é o nada,

Faze de conta que não existes, e sê livre.

Omar Khayyam, *Quadras*

Generosidade e benevolência

A benevolência tudo facilita, a tudo supre. Nem sempre ela supõe que haja sabedoria, discrição, bondade e capacidade, porém as concede: nunca vê os defeitos, porque evita vê-los.

Gracián, *A arte da prudência*

Generosidade sempre foi superioridade.

Gracián, *A arte da prudência*

As árvores que não dão frutos, mas apenas folhas, geralmente não têm coração.

Gracián, *A arte da prudência*

Deves agir sem má vontade, sem menosprezar o interesse comum, sem irreflexão, sem penderes de lado. Que nenhuma afetação atavie teu pensamento. Fala pouco e não te envolvas em afazeres múltiplos. (...) É assim que adquirimos a serenidade, a arte de passar sem a assistência de outrem, a arte de passar sem a tranqüilidade que os outros proporcionam. Deves ser reto, e não retificado.

Marco Aurélio, *Meditações*

Deves cavar dentro de ti. Dentro de ti está a fonte do bem – uma fonte que pode jorrar sempre, se cavares sempre.

Marco Aurélio, *Meditações*

A benevolência é invencível, se for sincera, sem trejeitos e sem hipocrisia. Que poderia fazer contra ti o mais violento dos homens se persistires em ter boa-vontade para com ele e se, havendo oportunidade, o exortares à brandura e, no mesmo momento em que ele procura fazer-te mal, tranqüilamente te empenhares em fazê-lo mudar de idéia: "Não, meu filho, nascemos para outra coisa; não é a mim que farás mal, é a ti mesmo que o farás, meu filho." E deves mostrar-lhe habilmente, de um ponto de vista geral, que assim é, e que nem as abelhas nem qualquer animal nascido para viver em grupo agem como ele. É preciso dar-lhe essa lição sem ironia, sem azedume, mas afetuosamente e sem rancor no fundo da alma, e não como um mestre-escola nem para te fazeres admirar por alguma testemunha: dirige-te somente a ele, mesmo que haja pessoas em volta.

Marco Aurélio, *Meditações*

Somos mais sociáveis e de melhor convívio pelo coração do que pelo espírito.

La Bruyère, *Os caracteres*

No mundo há poucos excessos mais belos que o do reconhecimento.

La Bruyère, *Os caracteres*

Nada é mais raro que a bondade verdadeira; mesmo os que acreditam tê-la geralmente têm apenas complacência ou fraqueza.

La Rochefoucauld, *Máximas*

Bom humor

E se parássemos de passar os dias reclamando e fazendo careta? É verdade que a vida nem sempre é divertida; e manter o humor alegre quando temos de tomar o metrô de manhã, ir trabalhar, administrar finais de mês apertados, é mais fácil de dizer do que de fazer. Entretanto, todos já notamos que, quando estamos de bom humor, a vida parece mais bela e mais simples. Esse esforço pessoal que fazemos para ser de convívio mais agradável tem repercussões sobre nós e sobre os que nos cercam: por uma espécie de mimetismo, os outros ficam mais amáveis, mais sorridentes, mais à vontade quando tratamos com eles. E evidentemente o bom humor "é o ímã dos corações", lembra Gracián.

De manhã cedo, quando penares para levantar, deves ter em mente este pensamento: é para fazer obra de homem que desperto. Então como ainda posso ficar de mau humor, se vou fazer aquilo para que nasci e fui posto no mundo? Ou será que fui feito apenas para permanecer deitado e aquecido sob os cobertores?

Marco Aurélio, *Meditações*

Ser senhor de si e não deixar-se arrastar por coisa alguma; bom humor em todas as circunstâncias, mesmo nas doenças; no caráter, uma perfeita mescla de brandura e gravidade; executar sem dificuldade todas as tarefas...

Marco Aurélio, *Meditações*

Humor jovial

Se não houver excesso, é qualidade e não defeito. Um grão de gracejo tempera tudo. Os maiores homens também jogam o jogo do donaire, que granjeia a simpatia geral; porém continuam preservando a sensatez e respeitando o decoro. Outros fazem de um chiste um atalho para safar-se de dificuldades, pois há coisas que se devem levar na brincadeira, e às vezes justamente as que um outro leva mais a sério. Um humor assim é ímã de corações.

Gracián, *A arte da prudência*

O capricho de nosso humor é ainda mais bizarro que o da fortuna.

La Rochefoucauld, *Máximas*

Há lugares que admiramos; há outros que nos tocam e nos quais gostaríamos de viver. Parece-me que dependemos dos lugares para o espírito, o humor, a paixão, o gosto e os sentimentos.

La Bruyère, *Os caracteres*

A melhor maneira de reduzir a nada os esforços dos impertinentes que só são espirituosos à custa de outrem é antecipar-se a eles começando por zombar de si mesmo. Quem é o primeiro a rir de si nunca se expõe ao riso.

Sêneca, *Da constância do sábio*

Um caráter bom, moderado e brando poderá estar contente na indigência, ao passo que as riquezas todas não poderiam satisfazer um caráter ávido, invejoso e mau. Quanto ao homem permanentemente dotado de uma individualidade extraordinária, intelectualmente superior, esse então pode passar sem a maioria desses prazeres a que o mundo em geral aspira; mais ainda, eles lhe serão apenas um incômodo e um fardo.

Schopenhauer, *Aforismos para a sabedoria de vida*

Às vezes a impaciência de um homem e seu mau humor resultam apenas de ele estar em pé há muito tempo; em vez de argumentar contra seu mau humor, ofereça-lhe uma cadeira.

Alain, *Considerações sobre a felicidade*

Um sorriso parece-nos pouca coisa e sem efeito contra o mau humor; por isso não tentamos dá-lo. Mas freqüentemente a polidez, ao extrair-nos um sorriso e a graça de um cumprimento, muda-nos tudo.

Alain, *Considerações sobre a felicidade*

Modéstia e moderação

A modéstia é para o mérito o que as sombras são para as figuras num quadro: dá-lhe força e relevo.

La Bruyère, *Os caracteres*

Um homem de bem recompensa pessoalmente sua aplicação no cumprimento do dever pelo prazer que sente em cumpri-lo; e não se interessa pelos elogios, pela estima e pelo reconhecimento – que às vezes não lhe vêm.

La Bruyère, *Os caracteres*

Se assumires um papel acima de tuas forças, não apenas fazes má figura como ainda deixas de lado o papel que poderias desempenhar.

Epicteto, *Manual*

Nas conversas, não te ponhas a lembrar com freqüência e sem moderação tuas ações e os riscos que correste. Se para ti é agradável recordar os perigos que atravessaste, para outrem não é igualmente agradável ouvir-te contar o que te sucedeu.

Epicteto, *Manual*

A mulher e a galinha

Uma viúva tinha uma galinha que punha um ovo por dia. Disse consigo mesma que, se lhe desse mais milho, sua galinha botaria duas vezes por dia; por isso aumentou-lhe a ração. Mas a galinha ficou muito gorda e não conseguiu mais botar nem mesmo seu ovo diário.

A fábula mostra que quem cobiça mais do que tem perde até mesmo o que já possui.

Esopo, *Fábulas*

A tartaruga e a lebre

Uma tartaruga e uma lebre estavam disputando o prêmio de velocidade. Assim, combinaram a hora e o lugar de chegada, e depois se separaram. Ora, a lebre, que confiava em sua rapidez natural, em vez de preocupar-se com a corrida, deitou à beira do caminho para uma sesta; já a tartaruga, consciente de sua lentidão, fez o percurso sem parar e ultrapassou a lebre que dormia, obtendo assim a vitória e o prêmio.

A fábula mostra que muitas vezes o esforço triunfa sobre uma natureza bem dotada mas negligente.

Esopo, *Fábulas*

Um sábio reduziu toda a sabedoria a este preceito: "moderação em tudo". Uma justiça excessivamente exata degenera em injustiça. A laranja que é espremida demais dá um suco amargo. Mesmo no prazer não se deve chegar aos extremos. Até o espírito se esgota à força de refinar-se; querendo tirar leite demais, faz-se vir o sangue.

Gracián, *A arte da prudência*

Vi, nas altas rodas, que constantemente sacrificavam ao renome a estima das pessoas de bem, e à celebridade o sossego.

Chamfort, *Máximas e pensamentos*

Moderação é um temor de cair na inveja e no menosprezo que merecem aqueles que se embriagam com sua própria felicidade; é uma vã ostentação da força de nosso espírito; enfim, a moderação dos homens em sua mais alta ascensão é um desejo de parecer maiores que sua fortuna.

La Rochefoucauld, *Máximas*

Quem acreditar que pode encontrar em si mesmo o bastante para viver sem mais ninguém está muito enganado; mas quem acreditar que os outros não podem viver sem ele está mais enganado ainda.

La Rochefoucauld, *Máximas*

Prazer

Os prazeres não são a felicidade. Mas suas justaposições criam pequenas felicidades sucessivas que acabam por assemelhar-se a uma grande felicidade. Portanto, urge aprender a comprazer-se.

"Só tem prazer quem o proporciona a si." Assim, para ser feliz é preciso saber pensar em si mesmo. É preciso, como escreveu Paul Valéry, "preferir-se".

Não é possível viver com prazer sem viver de forma prudente, boa e justa.

Epicuro, *Sentenças vaticanas*

Nenhum prazer é um mal em si; mas as causas que produzem certos prazeres trazem acessoriamente perturbações muito mais numerosas que os prazeres.

Epicuro, *Máximas capitais*

A maior perfeição da alma é ser capaz de prazer.

Vauvenargues, *Reflexões e máximas*

Às vezes a brevidade do gozo é compensada pela qualidade do prazer.

Gracián, *A arte da prudência*

Tais como forem com maior freqüência teus pensamentos, assim será tua inteligência, pois a alma se colore por efeito dos pensamentos. Portanto, deves colori-la por meio de uma contínua atenção a pensamentos como este: "Onde for possível viver também é possível viver bem."

Marco Aurélio, *Meditações*

Há certos bens que desejamos exaltadamente e cuja simples idéia nos enleva e arrebata; se nos acontecer de obtê-los, sentimo-los mais tranqüilamente do que teríamos julgado, desfrutamos deles menos do que aspiramos a outros ainda maiores.

La Bruyère, *Os caracteres*

Liberdade não é ociosidade; é um livre uso do tempo, é a escolha do trabalho e do exercício. Resumindo, ser livre não é nada fazer; é ser o único árbitro do que se fará e do que não se fará. Nesse sentido, que grande bem é a liberdade!

La Bruyère, *Os caracteres*

O prazer é a única coisa pela qual vale a pena viver. Nada envelhece tanto quanto a felicidade.

Oscar Wilde, *Aforismos*

A vida zomba de nós com sombras, como um apresentador de marionetes. Pedimos-lhe prazer. Ela o concede, mas a amargura e o desapontamento vêm a seguir. Encontramos em nosso caminho uma nobre dor que, pensamos, dará a nossos dias a imensa dignidade da tragédia; mas ela se esvai, coisas menos nobres substituem-na; e um dia, ante um amanhecer cinzento e ventoso ou ante o silêncio argênteo de uma noite perfumada, eis que olhamos com uma surpresa empedernida, ou com um coração pesado e de pedra, a trança de cabelos marchetada de ouro que outrora havíamos adorado com tanto ardor e beijado com tanta paixão.

Oscar Wilde, *Aforismos*

Devemos amar os prazeres; devemos desfrutá-los; mas devemos saber passar sem eles.

Cristina da Suécia, *Máximas*

As pessoas que se divertem demais entediam-se.

Cristina da Suécia, *Máximas*

Prazeres de longa duração já não são mais prazeres.

Cristina da Suécia, *Máximas*

Os prazeres cansam mais do que os negócios.

Cristina da Suécia, *Máximas*

Tememos todas as coisas como homens mortais, e desejamos todas as coisas como se fôssemos imortais.

La Rochefoucauld, *Máximas*

O avarento

Depois de converter em dinheiro todos seus bens, um avarento comprou um lingote de ouro e escondeu-o na muralha, onde constantemente vinha contemplá-lo. Mas um dos operários das redondezas, que observara suas idas e vindas e adivinhara de que se tratava, esperou que ele fosse embora e furtou o lingote. Pouco depois, lá voltou nosso avarento; ao descobrir que o esconderijo estava vazio, desatou a soluçar e a arrancar os cabelos. Vendo-o em tal aflição, um passante perguntou-lhe o motivo e depois disse: "Vamos, meu amigo, deixa de desesperar-te; em vez disso deves apanhar um pedregulho, escondê-lo no mesmo lugar e fazer de conta que é teu ouro; pois quando ainda o tinhas não tiravas mais proveito dele..."

A fábula mostra que sem o uso a posse nada significa.

Esopo, *Fábulas*

Polidez

Quando se recorre às formas de polidez, tudo vai melhor, tanto é verdade que a forma – às vezes – é quase tão importante quanto o fundo. Por isso, empenhemo-nos em ser mais amáveis, respeitar mais os outros e preocupar-nos mais com as convenções. Ser polido é colocar um pouco de óleo nas engrenagens da vida em sociedade.

A polidez é uma moeda que enriquece não quem a recebe mas sim quem a dispende.

Provérbio persa

A polidez nem sempre inspira a bondade, a equanimidade, a complacência, a gratidão; mas pelo menos dá as aparências delas e faz o homem parecer exteriormente como deveria ser interiormente.

Podemos definir o espírito de polidez mas não podemos determinar sua prática: ela segue o uso e os costumes vigentes; está ligada às épocas, aos lugares, às pessoas, e não é a mesma nos dois sexos nem nas diversas classes; o espírito por si só não a sugere: faz que a sigamos por imitação e que nos aperfeiçoemos nela. Há temperamentos que são susceptíveis apenas à polidez; e há outros que servem apenas aos grandes talentos ou a uma virtude sólida. É bem verdade que maneiras corteses dão livre curso ao mérito e o tornam agradável, e que é preciso ter qualidades muito eminentes para sustentar-se sem a polidez.

Parece-me que o espírito de polidez é um certo empenho em fazer que por nossas palavras e nossas maneiras os outros fiquem contentes conosco e consigo mesmos.

La Bruyère, *Os caracteres*

A polidez baseia-se numa convenção tácita de uns não notarem nos outros a miséria moral e intelectual da condição humana e não se recriminarem mutuamente por ela; o resultado, para benefício de ambas as partes, é que esta se evidencia menos facilmente.

Polidez é prudência; portanto, impolidez é estultice: fazer inimigos por causa de grosseria, sem necessidade e de coração leve, é demência; é como atear fogo à casa. Pois a polidez, como as fichas de jogo, é uma moeda notoriamente falsa: poupá-la dá prova de desatino; usar dela com liberalidade, de tino.

Schopenhauer, *Aforismos para a sabedoria de vida*

Quando vos inclinais, inclinai-vos profundamente.

Provérbio chinês

A polidez é para o espírito o que a graciosidade é para o rosto.

Voltaire, *Estâncias*

Prudência

Nunca somos suficientemente prudentes. Nem suficientemente previdentes. Um gesto de desatenção, palavras impensadas, uma inabilidade, um momento de raiva podem arruinar muitos planos e muitos projetos. "Eu deveria ter...", "teria sido preciso..." – essas frases de despeito geralmente são simples conseqüência de atos irrefletidos ou precipitados. Por isso, precisamos refrear nossos impulsos, agir com discernimento e precaução, examinar as vantagens e os inconvenientes de cada situação, saber ser reservados e moderados. Mais vale pecar por excesso de prudência do que por excesso puro e simples.

Não se deve guardar o discernimento para o momento do afogo; deve-se ir de antemão e prevenir por madura reflexão o ponto mais difícil.

Gracián, *A arte da prudência*

Os ímpetos de paixão são trechos escorregadios para a sensatez, e aí há risco de perder-se. Um homem avança mais num momento de furor ou de prazer do que em muitas horas de indiferença; às vezes, corre por um breve instante para depois confundir-se por toda a vida.

Gracián, *A arte da prudência*

Para viver com uma perfeita *prudência* e para extrair da experiência pessoal todos os ensinamentos que ela contém, é necessário freqüentemente voltar atrás com o pensamento e recapitular o que vimos, fizemos, aprendemos e sentimos ao mesmo tempo na vida; também precisamos comparar nosso julgamento de outrora com nossa opinião atual, nossos projetos e aspirações com seu resultado e com a satisfação que tal resultado nos proporcionou. Assim a experiência serve-nos de professor especial que vem dar-nos aulas particulares.

Schopenhauer, *Aforismos para a sabedoria de vida*

O camundongo nunca confia seu destino a uma única toca.

Provérbio latino

A raposa e o bode no poço

Uma raposa caiu num poço e viu-se forçada a ali permanecer, pois não conseguia subir de volta. Ora, ao mesmo poço chegou um bode sedento; ao ver a raposa, perguntou-lhe se a água era boa. Fingindo alegria em seu infortúnio, a raposa elogiou longamente a água, pretendendo que era excelente, e incentivou o bode a descer também. Atentando apenas para seu desejo, o bode, sem pensar duas vezes, mergulhou. Assim que matou a sede, perguntou à raposa como subir de volta. A raposa disse-lhe que tinha uma idéia que podia salvar a ambos: "Apoia tuas patas dianteiras contra a parede e inclina os chifres; eu subirei às tuas costas e depois te puxarei para cima." O bode aceitou de boa vontade esse segundo conselho. Então a raposa, escalando-lhe com três pulos as patas, montou-lhe nas costas, de onde tomou apoio nos chifres, alcançou a boca do poço e dispôs-se a ir embora. Como o bode a recriminasse por não respeitar o trato, a raposa voltou e disse-lhe: "Bonitão, se tivesses tanto cérebro quanto tens de barba no queixo, não terias descido sem antes pensar no modo de subir de volta!"

O mesmo vale para os homens: se tivermos bom senso, convém examinar o desfecho de um empreendimento antes de iniciá-lo.

Esopo, *Fábulas*

É preciso lidar com a fortuna como com a saúde: desfrutar dela quando é boa, ter paciência quando é má e nunca usar grandes remédios sem um cuidado extremo.

La Rochefoucauld, *Máximas*

Aqui embaixo, é melhor fazeres poucos amigos,
Só saíres de ti mesmo para breves contatos;
Esse cujo braço te parece um apoio,
Examina-o bem, e toma cuidado.

Omar Khayyam, *Quadras*

Sê prudente: a fortuna é incerta;
Toma cuidado: o gládio do destino é afiado.
Se a sorte puser-te na boca amêndoas doces,
Não as engulas; há veneno misturado.

Omar Khayyam, *Quadras*

Quem é pronto no falar está pronto para ser vencido e convencido.

Gracián, *A arte da prudência*

As coisas não passam pelo que são, mas pelo que parecem. Valer e saber mostrá-lo é valer duas vezes.

Gracián, *A arte da prudência*

Os viajantes

Pessoas embarcaram e deixaram o porto. Quando estavam em alto-mar, desencadeou-se uma forte tempestade que ameaçou afundar a embarcação. Um dos passageiros pôs-se a rasgar as vestes e a invocar com gritos e gemidos os deuses de sua pátria, aos quais prometia ex-votos se eles conseguissem escapar daquela. A tempestade passou, a calma voltou; então os passageiros puseram-se a comemorar, a dançar, a fazer cabriolas, como fazem as pessoas que saem de um apuro imprevisto. Mas o piloto, um homem amadurecido, falou-lhes assim: "Alegremo-nos, meus amigos, mas como pessoas a quem talvez uma outra tempestade esteja esperando!"

A fábula ensina a não perdermos a cabeça com os favores da sorte, cuja inconstância é preciso levar em conta.

Esopo, *Fábulas*

Saúde

A boa saúde é a chave de tudo. Aliás, não é à toa que os votos de saúde são sempre os primeiros que fazemos no ano-novo. Também não é por acaso que a primeira coisa que perguntamos a alguém, logo depois de cumprimentá-lo, é: "Como vai?" "Preciosa é a boa saúde, uma felicidade que só conhecemos depois de perdê-la. Sem saúde não podemos fazer coisa alguma... Resumindo, não ter saúde é não viver", escreveu Madame de Sévigné.

Na verdade, a saúde é tudo e pode tudo. Por isso precisamos poupá-la e ser cuidadosos conosco. Atualmente, isso implica precauções elementares e exaustivamente repetidas, tais como não manter relações sexuais sem preservativo, reduzir o consumo de cigarros e de álcool. Pois quando nossa saúde falha, todo nosso ânimo falha; e, conseqüentemente, nossa vida. "Tudo deve ceder passo à saúde", enfatiza sabiamente Schopenhauer.

A saúde acima de tudo é tão mais importante que os bens externos que na verdade um mendigo saudável é mais feliz do que um rei doente.

Schopenhauer, *Aforismos para a sabedoria de vida*

Aliás, é indiscutível que nada contribui menos para a alegria do que a riqueza, e que nada contribui mais para ela do que a saúde: é nas classes inferiores, entre os trabalhadores e especialmente entre os que trabalham a terra, que encontramos as fisionomias alegres e contentes; entre os ricos e os grandes predominam as figuras tristonhas. Conseqüentemente, deveríamos empenhar-nos acima de tudo em conservar aquele estado perfeito de saúde do qual floresce a alegria. Para isso, sabemos que devemos fugir de todo excesso e de todo desregramento, evitar qualquer emoção violenta e penosa, bem como toda tensão mental excessiva ou muito prolongada; também é preciso adotar diariamente pelo menos duas horas de exercício rápido ao ar livre, freqüentes banhos de água fria e outras medidas dietéticas da mesma espécie. Não haverá saúde se todo dia não nos movimentarmos o bastante; para se realizarem adequadamente, todas as funções da vida requerem o movimento dos órgãos nos quais elas se cumprem, e do corpo todo. Disse Aristóteles, com razão: "A vida está no movimento."

Schopenhauer, *Aforismos para a sabedoria de vida*

Em tese geral, nove décimos de nossa felicidade fundamentam-se exclusivamente na saúde. Com ela, tudo se torna fonte de prazer; sem ela, ao contrário, não poderíamos desfrutar de um bem exterior, de qualquer espécie que seja; mesmo os outros bens subjetivos, tais como as qualidades da inteligência, do coração, do caráter, são diminuídos e corrompidos pelo estado de doença. Por isso, não é sem razão que nos informamos mutuamente sobre nosso estado de saúde e que trocamos votos de "passar bem": na realidade, isso é mesmo o que há de mais essencialmente importante para a felicidade humana. Segue-se portanto que é da mais insigne loucura sacrificar a saúde ao que quer que seja – riqueza, carreira, estudos, fama e sobretudo à voluptuosidade e aos prazeres passageiros. Ao contrário, tudo deve ceder passo à saúde.

Schopenhauer, *Aforismos para a sabedoria de vida*

Quando nosso corpo inteiro está saudável e ileso, exceto uma pequena parte machucada ou dolorida, a consciência deixa de perceber a saúde do todo; a atenção volta-se totalmente para a dor da parte lesada, e o prazer, determinado pela sensação total de existência, esvai-se. Da mesma forma, quando nossos negócios caminham a contento, exceto um único que anda ao contrário, é este, mesmo que de mínima importância, que fica constantemente a dar voltas em nosso cérebro, é para ele que sempre se dirige nosso pensamento, e raramente para as outras coisas, mais importantes, que estão caminhando como queremos. Em ambos os casos, é a *vontade* que é lesada: no primeiro caso, tal como ela *se objetiva* no organismo; e no segundo, nos esforços do homem.

Schopenhauer, *Aforismos para a sabedoria de vida*

Quando estamos bem de saúde, somos jovens; quando estamos mal, somos velhos, não importa a idade que tenhamos.

Cristina da Suécia, *Máximas*

O vigor e a saúde da alma e do corpo são a verdadeira juventude; qualquer outra é imaginária.

Cristina da Suécia, *Máximas*

A vida não pode ser agradável sem a perfeita saúde e o vigor da alma e do corpo.

Cristina da Suécia, *Máximas*

Suportar a doença

"A doença vem a cavalo e vai embora a pé", diz acertadamente uma expressão latina. Ela nos lembra que nossa saúde é frágil e que devemos fazer tudo para preservá-la. Mesmo assim, aqui estão algumas reflexões para ajudar a suportar a provação da doença.

A doença é um entrave para o corpo, mas não para a alma, se esta não o quiser. A claudicação é um entrave para as pernas, mas não para a vontade. Dize o mesmo a cada infortúnio e verás que ele é um entrave para alguma outra coisa, mas não para ti.

Epicteto, *Manual*

Um homem que sofre espera, como uma felicidade maravilhosa, um estado medíocre que na véspera talvez lhe causasse infelicidade. Somos mais sábios do que julgamos.

Alain, *Considerações sobre a felicidade*

Regras para fortalecer a saúde, segundo Schopenhauer

Para nos enrijecermos, devemos, enquanto estamos com boa saúde, submeter o corpo em seu todo, e também cada uma de suas partes, a muito esforço e fadiga, e nos habituarmos a resistir a tudo o que pode afetá-lo, por mais rudemente que seja. Em contrapartida, tão logo manifestar-se um estado mórbido, seja do todo ou de uma parte, deveremos recorrer imediatamente ao processo contrário, isto é, poupar e tratar de todos os modos o corpo ou sua parte doente; pois o que estiver indisposto ou debilitado não é passível de enrijecimento.

Os músculos fortificam-se; os nervos, ao contrário, enfraquecem com o uso intenso; portanto, convém exercitar os primeiros com todos os esforços adequados e, ao contrário, poupar aos segundos qualquer esforço. Conseqüentemente, devemos proteger nossos olhos contra toda luminosidade muito forte, principalmente quando for refletida, contra qualquer esforço na penumbra, contra a fadiga de observar longamente objetos muito pequenos; também devemos preservar nossos ouvidos dos ruídos excessivamente altos. Mas, acima de tudo, devemos poupar nosso cérebro de qualquer concentração forçada, demasiado contínua ou intempestiva; portanto, é preciso deixá-lo descansar durante a digestão, pois nesse momento a mesma força vital que, no cérebro, forma os pensamentos, está trabalhando com total intensidade no estômago e nos intestinos para preparar o quimo e o quilo; ele também deve descansar durante e após um trabalho muscular considerável. Pois, para os nervos motores, assim como para os nervos sensitivos, as coisas se passam da mesma maneira, e, assim como a dor que sentimos num membro lesado tem no cérebro seu verdadeiro centro, assim também não são os braços e as pernas que se movem e trabalham, e sim o cérebro, ou seja, aquela parte do cérebro que, por intermédio da medula oblonga e da medula espinhal, excita os nervos desses membros e assim os faz moverem-se. Conseqüentemente também, a fadiga que sentimos nas pernas ou nos braços tem seu centro real no cérebro; por isso os membros cujo movimento depende da vontade, ou seja, provém do cérebro, são os únicos que se cansam, ao passo que aqueles cujo trabalho é involuntário, como o coração, são infatigáveis. Portanto, é prejudicar o cérebro exigir dele atividade muscular enérgica e tensão mental, seja simultaneamente ou mesmo apenas após um pequeno intervalo de tempo.

Schopenhauer, *Aforismos para a sabedoria de vida*

Mas acima de tudo é preciso dar ao cérebro a quantidade total de sono necessária para sua restauração, pois o sono representa, para o homem todo, o que para o relógio representa lhe darem corda.

Schopenhauer, *Aforismos para a sabedoria de vida*

Sabedoria

O que é um sábio? Um buda em contemplação? Um asceta? Um monge que faz retiro? Se assim fosse, poucos de nós poderiam aspirar à sabedoria. Não, dizem os filósofos, um sábio é ao mesmo tempo muito mais simples e muito mais complexo do que isso. É aquele que se contenta com seu destino. Assim, alguém que vive sem idéias preconcebidas, que aceita os fatos contra os quais nada pode fazer, que se empenha em melhorar corrigindo suas fraquezas, esse é sábio. Também é sábio aquele que sabe desligar-se do tumulto exterior e buscar em si os recursos para atingir uma forma de serenidade; e ainda aquele que diariamente cumpre com amor o que tem para fazer. Sabedoria é um estado de espírito. "Quem diz sábio diz feliz", resume Madame du Châtelet.

O sábio, que se formou face a face com as privações, é mais propenso a partilhar o que tem do que a receber o quinhão de um outro – tão grande é o tesouro que descobriu na auto-suficiência.

Epicuro, *Sentenças vaticanas*

Em comparação com a vida dos outros homens, a vida de Epicuro, em razão de sua amenidade e auto-suficiência, poderia ser considerada como uma fábula.

Epicuro, *Sentenças vaticanas*

Quando te impacientas com alguma coisa, esqueces que tudo acontece em conformidade com a natureza universal; que o erro cometido não te diz respeito, e também que tudo o que acontece sempre aconteceu assim, continuará a acontecer e acontece em toda parte, mesmo neste momento.

Marco Aurélio, *Meditações*

Lembra-te de que tudo que acontece é justificadamente que acontece. Notarás isso se observares com precisão. Não digo apenas: acontece *em conformidade com a seqüência,* mas *também em conformidade com a justiça,* e como se alguém atribuísse a cada um de acordo com seu mérito. Continua pois a observar, como começaste; e, o que fizeres, faze-o com o pensamento de ser um homem de bem, de acordo com a idéia que constitui propriamente o homem de bem. Deves conservar esse princípio para todas tuas ações.

Marco Aurélio, *Meditações*

Deves passar pela vida sem violência, com a alma repleta de alegria, mesmo que todos os homens lancem contra ti os clamores que quiserem, mesmo que as feras dilacerem os pedaços dessa matéria que nutres ao teu redor. Pois, em todos os casos, quem impede que teu pensamento mantenha a serenidade, julgue com justeza o que acontece à tua volta e esteja pronto para tirar partido do que vem ao teu encontro? Que tua alma, portanto, na medida em que puder julgar, diga ao que ocorrer: "És isso por essência, embora a opinião geral te faça parecer diferente." Mas que ela acrescente, na medida em que puder tirar partido do que lhe ocorrer: "Eu estava indo ao teu encontro, pois o presente me é sempre matéria para virtude racional e social e, numa palavra, matéria para fazer obra humana ou divina." Isso porque tudo que acontece é familiar a Deus ou ao homem; nada é novo nem difícil de manejar, tudo é comum e fácil de moldar.

Marco Aurélio, *Meditações*

Todos, por descontentamento com a sua própria, invejam a felicidade alheia. Os de hoje louvam as coisas de ontem e os daqui, as de lá. Todo passado parece melhor e tudo que está longe é mais valorizado. Tão néscio é quem ri de tudo como quem se aflige por tudo.

Gracián, *A arte da prudência*

Ser invulnerável não significa nunca ser atacado; significa não poder ser ferido. E é isso que caracteriza o sábio tal como pretendo defini-lo.

Sêneca, *Da constância do sábio*

O sábio é semelhante a esses atletas que, graças a um treinamento prolongado e assíduo, adquirem uma resistência suficientemente grande para suportar sem trégua, e até desencorajá-las, todas as tentativas do atacante.

Sêneca, *Da constância do sábio*

Assim é a casa do sábio: pequena, sem luxo, sem alarde nem aparato. Não é guardada por porteiros que com sua insolência venal filtrem os visitantes; mas essa soleira, que nada nem ninguém protege, a Fortuna nunca a cruza: ela sabe que não tem o que fazer num lugar em que nada está a seu favor.

Sêneca, *Da constância do sábio*

A sabedoria é para a alma o que a saúde é para o corpo.

La Rochefoucauld, *Máximas*

O sábio procura a ausência de dor e não o prazer.

Aristóteles, *Ética a Nicômaco*

O melhor de todos os homens é aquele que adquire por si mesmo toda sua sabedoria e sabe prever quais frutos uma conduta ponderada acabará por produzir; também é digno de louvor aquele que obedece a bons conselhos; mas aquele que não tem por si mesmo entendimento algum e que não grava na alma os ensinamentos de outrem, esse homem de nada serve.

Hesíodo, *Os trabalhos e os dias*

Poucas pessoas são suficientemente sábias para preferir a censura que lhes é útil ao elogio que as atraiçoa.

La Rochefoucauld, *Máximas*

Quem vive sem loucura não é tão sábio quanto crê.

La Rochefoucauld, *Máximas*

Ao envelhecer tornamo-nos mais loucos – e mais sábios.

La Rochefoucauld, *Máximas*

O louco corre atrás dos prazeres da vida e encontra a decepção; o sábio evita os males.

Schopenhauer, *Aforismos para a sabedoria de vida*

O sábio cura-se da ambição com a ambição mesma; ele tende para coisas tão grandes que não pode limitar-se ao que chamamos de tesouros, cargos, fortuna e favor: em privilégios tão frágeis, nada vê que seja bastante bom e sólido para contentar seu coração e para merecer seus cuidados e desejos; chega a ter de esforçar-se para não desdenhá-los demais. O único bem capaz de tentá-lo é aquela espécie de glória que deveria nascer da virtude totalmente pura e totalmente simples; mas os homens dificilmente a concedem, e o sábio passa sem ela.

La Bruyère, *Os caracteres*

Um homem sábio nem se deixa governar nem procura governar os outros; deseja que a razão governe sozinha, e sempre.

La Bruyère, *Os caracteres*

É papel do tolo ser importuno: um homem inteligente sente se está agradando ou entediando; sabe desaparecer no momento que precede aquele em que estaria sobrando ali.

La Bruyère, *Os caracteres*

A conduta sábia rola sobre dois eixos: o passado e o futuro. Quem tiver memória fiel e grande capacidade de prever estará a salvo do perigo de censurar nos outros o que talvez ele mesmo tenha feito, ou de condenar uma ação num caso semelhante e em quaisquer circunstâncias em que um dia ela lhe seja inevitável.

La Bruyère, *Os caracteres*

Em minha opinião, muitos homens teriam conseguido alcançar a sabedoria se não houvessem acreditado que já a haviam alcançado, se não houvessem simulado ignorar alguns de seus defeitos ou não tivessem fechado deliberadamente os olhos para outros. Não devemos julgar que as adulações de outrem nos sejam mais prejudiciais do que as que prodigalizamos a nós mesmos. Quem ousa dizer a verdade a si mesmo? Qual é o homem que, em meio a um enxame de bajuladores que o incensam, priva-se de exagerar em benefício próprio?

Sêneca, *Da tranqüilidade da alma*

Devemos também mostrar-nos acomodatícios; não nos empenharmos demasiadamente em nossos projetos, adaptar-nos às situações em que o acaso nos coloca e não hesitar em mudar de opinião ou de atitude, desde que evitemos cair na inconstância, um defeito particularmente prejudicial à nossa tranqüilidade. De fato, se o homem obstinado é inevitavelmente atormentado e infeliz porque a Fortuna lhe arranca muitas concessões, o inconstante sofre ainda mais, porque não encontra nenhum ponto onde ancorar. A tranqüilidade da alma tem dois inimigos: a incapacidade de mudar e a incapacidade de suportar.

Sêneca, *Da tranqüilidade da alma*

Os preceitos do homem sábio, segundo Sêneca

1. Devemos proceder ao exame de nós mesmos antes de passar ao das tarefas que vamos empreender e antes de analisar aqueles para quem e com quem as empreenderemos.

2. Antes de mais nada, precisamos avaliar-nos pessoalmente, pois costumamos superestimar nossas capacidades: este homem fracassou por haver confiado cegamente em suas qualidades de orador, aquele exigiu de seu patrimônio mais do que ele podia suportar, um outro arruinou a saúde frágil por haver-lhe imposto uma tarefa acima de suas forças.

3. Alguns dão prova de uma timidez pouco compatível com as responsabilidades públicas que exigem autoconfiança; outros demonstram uma obstinação malquista na corte; uns não conseguem controlar sua impulsividade e o menor motivo de indignação impele-os a comentários imprudentes; outros enfim não conseguem deixar de ser espirituosos e entregam-se a brincadeiras perigosas. Para todos esses, mais vale manter-se afastados da vida pública do que imiscuir-se nela. Uma índole fogosa e independente deve evitar tudo que possa aguçar, em prejuízo próprio, seu senso de liberdade.

4. Devemos analisar se nossa índole é mais afeita à atividade política ou ao estudo longe da vida pública e à contemplação, e depois nos inclinarmos para o lado a que nossa personalidade nos levar. Isócrates tirou Éforo do fórum à força, por julgar que ele prestaria melhores serviços compondo obras históricas. Efetivamente, uma índole contrariada nada oferece de bom: quando a natureza opõe resistência, todos os esforços são vãos.

5. Em seguida, precisamos avaliar a natureza exata de nossos empreendimentos e medir nossas forças para as tarefas que nos propomos efetuar. Devemos ter sempre em nós mais recursos do que os exigidos pela tarefa a cumprir; forçosamente quebraremos a espinha se portarmos cargas acima de nossas forças.

6. Por outro lado, certos empreendimentos sem grande importância podem estar carregados de múltiplas complicações; desconfiemos também dos que desembocarão num novo problema de natureza complexa. Tampouco devemos aventurar-nos num negócio do qual não tenhamos liberdade de desobrigar-nos: dediquemo-nos aos que podemos levar a bom termo ou pelo menos esperá-los; evitemos aqueles cujo final nunca divisamos e que terminam onde não prevíamos.

7. Devemos sobretudo escolher com discernimento as pessoas, ver se merecem que lhes dediquemos uma parte de nossa vida, se têm consciência de que lhes sacrificamos nosso tempo; de fato, algumas não hesitam em considerar que devemos agradecer-lhes pelos serviços que lhes prestamos!

8. Dizia Atenodoro que sequer iria jantar em casa de alguém que não lhe tivesse o menor reconhecimento por eles. Adivinhas, tenho certeza, que ele menos ainda iria à casa de pessoas que pagam os favores prestados pelos amigos convidando-os para sua mesa, considerando as iguarias como presentes, como se praticassem seus ex-

cessos para prestar honras a outrem! Deves privá-los de testemunhas e de espectadores; um albergue discreto dificilmente terá sua preferência!

Sêneca, *Da tranqüilidade da alma*

Ponderação

Não devemos estragar as coisas presentes por desejarmos as ausentes, mas sim refletir sobre o fato de que essas mesmas já fizeram parte das coisas desejáveis.

Epicuro, *Sentenças vaticanas*

Para sustentar a boa fortuna é preciso virtudes maiores do que para a má.

La Rochefoucauld, *Máximas*

É inútil sacares da espada para cortar água; a água continuará a correr.

Li Po

Assim também é feliz o homem a quem basta sua riqueza interior e que para divertir-se pede pouco, ou mesmo nada, ao mundo exterior, visto que tal importação é cara, escravizante, perigosa; ela expõe a dissabores e, definitivamente, é sempre apenas um mau sucedâneo para as produções do solo pessoal. Pois não devemos, sob nenhum aspecto, esperar grande coisa de outrem e do mundo exterior em geral. O que um indivíduo pode ser para outro é algo muito estreitamente limitado; cada qual acaba ficando sozinho, e então a grande questão passa a ser: *quem* está sozinho?

Schopenhauer, *Aforismos para a sabedoria de vida*

Um temperamento calmo e sereno, decorrente de uma saúde perfeita e de uma boa constituição; uma razão lúcida, viva, penetrante e que pense com acerto; uma vontade moderada e amena, e como resultado uma boa consciência: eis os privilégios que nenhuma posição social, nenhuma riqueza poderiam substituir.

Schopenhauer, *Aforismos para a sabedoria de vida*

Não há caminho longo demais para quem caminha lentamente e sem atormentar-se; não há sucessos distantes demais para quem se prepara para eles com paciência.

La Bruyère, *Os caracteres*

Nada do que acontece realmente tem a menor importância.

Oscar Wilde, *Aforismos*

O principal dom da natureza é essa força racional que vos eleva acima de vossas próprias paixões e de vossas fraquezas, e que vos faz governar mesmo vossas qualidades, vossos talentos e vossas virtudes.

Chamfort, *Máximas e pensamentos*

O fim supremo é viver de acordo com a natureza, isto é, de acordo com a natureza pessoal e com a natureza do todo, nada fazendo que seja proibido pela lei comum, pela reta razão difundida em todas as coisas (...). A virtude do homem feliz e o curso bem ordenado da vida nascem da harmonia do modo de ser de cada um com a vontade daquele que organiza tudo.

Diógenes Laércio

Silêncio

O silêncio é um amigo que nunca trai.

Provérbio chinês

O silêncio é a opção mais segura para quem desconfia de si mesmo.

La Rochefoucauld, *Máximas*

Sempre ganhamos em calar o que não somos obrigados a dizer.

Provérbio chinês

Deves ficar em silêncio quase sempre. Dize apenas o que for necessário, e em poucas palavras. Se acontecer, raramente porém, que surja ocasião de falar, fala; mas que não sejam as primeiras coisas que te ocorrerem. Não fales de lutas de gladiadores, de corridas circenses, de atletas, de alimentos ou de bebidas – assuntos correntes. Acima de tudo, não fales das pessoas, seja para criticá-las, seja para elogiá-las ou para compará-las.

Epicteto, *Manual*

É uma grande miséria não ter espírito suficiente para falar bem nem discernimento suficiente para calar-se. Eis aí o princípio de toda inconveniência.

La Bruyère, *Os caracteres*

Raramente nos arrependemos de falar pouco; quase sempre, de falar demais: uma máxima desgastada e trivial, que todo o mundo conhece e que todo o mundo não pratica.

La Bruyère, *Os caracteres*

O silêncio é grandioso; todo o resto é fraqueza.

Vigny, *Os destinos*

Sinceridade

Ser sincero é difícil. Requer ousadia e, sem dúvida, uma boa dose de inconsciência. "Sem dúvida" porque a verdade, ao contrário do que afirma Eurípides, nem sempre é simples. Apesar disso, dizer o que pensamos é o maior favor que podemos prestar a nós mesmos e aos que amamos. A sinceridade é uma prova de amor e um ato de coragem.

Inversamente, devemos aceitar a sinceridade dos que nos são próximos, mesmo que nem sempre seja agradável ouvi-la. Ela é uma prova de confiança. Um presente que nos dão. Devemos aceitá-la como tal, agradecendo a quem a oferece.

Um homem sincero na corte de um príncipe é um homem livre entre os escravos. Embora ele respeite o soberano, a verdade, em sua boca, é sempre soberana; e, enquanto uma multidão de cortesãos é joguete dos ventos que sopram e das tempestades que rugem em volta do trono, ele é firme e inabalável, porque se apóia na verdade, que é imortal por sua natureza e incorruptível por sua essência.

Montesquieu, *Elogio da sinceridade*

Feliz é o príncipe que vive em meio a pessoas sinceras e que se interessam por sua reputação e sua virtude. Mas quão infeliz é aquele que vive entre aduladores, por passar assim a vida em meio a seus inimigos!

Sim! Em meio a seus inimigos! Pois assim devemos considerar todos os que não nos falam de coração; que, como aquele Jano da fábula, mostram-se a nós sempre com duas faces; que nos fazem viver numa noite eterna e cobrem-nos de uma nuvem espessa a fim de impedir-nos de ver a verdade que se apresenta.

Montesquieu, *Elogio da sinceridade*

Podemos mentir com palavras; mas mesmo assim a expressão que então fazemos diz a verdade.

Nietzsche, *Além do bem e do mal*

Falar muito de si também pode ser um meio de esconder-se.

Nietzsche, *Além do bem e do mal*

Um pouco de sinceridade pode ser muito perigoso; muita sinceridade é realmente fatal.

Oscar Wilde, *Aforismos*

Estamos obrigados a dizer a verdade, mas não estamos obrigados a dizer todas as verdades.

Cristina da Suécia, *Máximas*

As palavras sinceras não são elegantes; as palavras elegantes não são sinceras.

Provérbio chinês

A sinceridade é um franqueamento do coração. É encontrada em pouquíssimas pessoas; e a que se vê habitualmente não passa de uma hábil dissimulação para atrair a confiança dos outros.

La Rochefoucauld, *Máximas*

O verdadeiro valor está em fazer sem testemunhas o que seríamos capazes de fazer diante de todo o mundo.

La Rochefoucauld, *Máximas*

Por mais desonra que tenhamos merecido, quase sempre está em nosso poder restaurar nossa reputação.

La Rochefoucauld, *Máximas*

Para um homem de mérito é custoso freqüentar assiduamente a corte, mas por uma razão totalmente oposta à que poderíamos crer: ele não seria homem de mérito sem uma grande modéstia, que o impede de pensar que cause o menor prazer aos príncipes se assistir à sua passagem, postar-se à vista deles e mostrar-lhes seu rosto. Ele tende mais a convencer-se de que os importuna, e necessita de todos os argumentos extraídos do costume e de seu dever para decidir-se a mostrar presença. Ao contrário, aquele que tem uma boa opinião de si, e que o vulgo chama de "convencido", tem prazer em mostrar-se, e freqüenta a corte com mais confiança ainda porque é incapaz de imaginar que os grandes por quem é visto pensam sobre sua pessoa diferentemente do que ele próprio o faz.

La Bruyère, *Os caracteres*

Não faças em tua vida nada que receies que teu vizinho fique sabendo.

Epicuro, *Sentenças vaticanas*

A hipocrisia é uma homenagem que o vício presta à virtude.

La Rochefoucauld, *Máximas*

Viver o agora

E se parássemos de deixar para amanhã nosso bem-estar e nossa felicidade? Se parássemos de querer sempre mais, de ser esses eternos insatisfeitos que somos? "O que passou foi-se; o que esperas está ausente; mas o presente é teu", lembra um provérbio árabe. De fato, apenas o momento presente nos pertence. Devemos aproveitá-lo e desfrutá-lo plenamente. Ele é nossa única riqueza verdadeira e o único momento que temos oportunidade de dominar completamente. "Cada dia separadamente é uma vida em separado", diz Sêneca.

O presente é uma divindade poderosa.

Goethe

Sê feliz hoje, não fales de ontem.

Omar Khayyam, *Quadras*

A felicidade habita o presente, e o mais cotidiano dos presentes. Devemos dizer: "Tenho isto, tenho aquilo, sou feliz." E mesmo, dizer: "Apesar disto e apesar daquilo, sou feliz."

Giono, *A caça à felicidade*

Viveis como se fôsseis viver para sempre, nunca pensais em vossa fragilidade, não observais quanto tempo já passou; perdeis tempo como se tivésseis muito, sendo que – pelo que sabemos sobre ele – talvez esse mesmo que dais para alguém ou para alguma coisa seja vosso último dia. Tanto vossos temores incessantes são os de mortais quanto vossos desejos incessantes são os de imortais.

Sêneca, *Da brevidade da vida*

Por isso precisamos compensar a velocidade do tempo com a velocidade em usá-lo e, como de uma torrente rápida e sazonal, dele usufruirmos vivamente.

Sêneca, *Da brevidade da vida*

A vida mais curta e mais agitada fracassa para aqueles que esquecem seu passado, negligenciam o presente, temem o futuro: quando o derradeiro momento chega, esses infelizes compreendem, tarde demais, que durante todo o tempo julgaram estar ocupados, sendo que nada faziam.

Sêneca, *Da brevidade da vida*

Por mais atarefados que sejamos, devemos poupar para nós horas de afastamento, que serão utilizadas para tomar medidas conosco mesmos, ou melhor, para tomá-las com Deus.

Cristina da Suécia, *Máximas*

Devemos empregar dignamente todos os momentos da vida, até o derradeiro.

Cristina da Suécia, *Máximas*

É sempre bom contar com tempo.

Gracián, *A arte da prudência*

A pronta execução é a mãe da boa fortuna. Muito fez quem nada deixou para fazer no dia seguinte. São dignas de Augusto estas palavras: "Apressai-vos lentamente."

Gracián, *A arte da prudência*

Não viver às pressas

Saber repartir as coisas é saber desfrutá-las. A muitos sobra vida e falta felicidade; desperdiçam os prazeres, porque não os gozam; e depois gostariam de voltar atrás, sendo que já se acham tão à frente. São postilhões da vida, que ao correr comum do tempo acrescentam o atropelo de seus espíritos. Gostariam de devorar num dia o que mal poderiam digerir durante toda a vida. Vivem adiantados nas venturas, devoram os anos por vir e, como avançam tão depressa, logo acabam com tudo. Mesmo no desejo de saber há de haver maneira de não saber mal sabidas as coisas. Existem mais dias do que ditas. Apressa-te em fazer e desfruta com vagar. Os afazeres estão bem quando feitos; as alegrias estão mal quando acabadas.

Gracián, *A arte da prudência*

Os que empregam mal o tempo são os primeiros a queixar-se de sua brevidade: como o consomem em vestir-se, em comer, em dormir, em discursos tolos, em decidir o que devem fazer e freqüentemente em nada fazer, ele lhes falta para os negócios e para os prazeres; já os que lhe dão melhor uso têm-no de sobra.

Não há ministro tão atarefado que não consiga perder diariamente duas horas de tempo; no final de uma longa vida, isso soma muito. E se o mal é ainda maior nas outras classes de homens, que desperdício infinito não acontece, em todo o mundo, de uma coisa tão preciosa e da qual sempre lamentamos não ter o suficiente!

La Bruyère, *Os caracteres*

Um ponto importante para a sabedoria na vida é a proporcionalidade com que dedicamos uma parte de nossa atenção para o presente e a outra para o futuro, a fim de que uma não nos estrague a outra. Há muitas pessoas que vivem excessivamente no presente: são os frívolos; outras, muito à frente no futuro: são os temerosos e os inquietos. Raramente mantemos a justa medida. Esses homens que, movidos por seus desejos e esperanças, vivem unicamente no futuro, com os olhos sempre voltados para a frente, e que correm com impaciência ao encontro das coisas futuras, pois, pensam, daqui a pouco elas vão trazer-lhes a verdadeira felicidade, mas que, enquanto isso, deixam escapar o tempo presente, que negligenciam sem desfrutar, parecem-se com aqueles burros aos quais, na Itália, fazem apressar o passo pendurando numa vara um feixe de feno à frente de suas cabeças: eles vêem o feixe sempre muito perto e têm sempre esperança de alcançá-lo. Com efeito, homens assim enganam a si mesmos sobre toda sua existência ao viverem sempre interinamente, até a morte. Assim, em vez de ocupar-nos o tempo todo exclusivamente com os planos e os cuidados para o futuro, ou de, ao contrário, entregarmo-nos à saudade do passado, deveríamos nunca esquecer que apenas o presente é real, que apenas ele é garantido, e que, ao contrário, o futuro quase sempre se mostra diferente do que pensávamos, e que também o passado foi diferente; isso faz que, em suma, futuro e passado tenham ambos muito menos importância do que nos parece.

Schopenhauer, *Aforismos para a sabedoria de vida*

Apenas o presente é verdadeiro e efetivo; é o tempo realmente pleno, e é sobre ele que se assenta com exclusividade nossa existência. Por isso ele deve sempre merecer a nossos olhos uma acolhida de boas-vindas; deveríamos saborear, com plena consciência de seu valor, toda hora suportável e livre de contrariedades ou de dores atuais, ou seja: não perturbá-la com as faces entristecedoras das esperanças frustradas no passado ou com receios pelo futuro. Que pode ser mais insensato do que rejeitar uma boa hora presente ou estragá-la de propósito, inquietando-nos com o futuro, entristecendo-nos com o passado?

Schopenhauer, *Aforismos para a sabedoria de vida*

Deves meditar freqüentemente sobre a rapidez com que passam e se dissipam os seres e os acontecimentos. Com efeito, a substância é como um rio fluindo constantemente; as forças são submetidas a contínuas transformações, e as causas formais, a milhares de modificações. Quase nada é estável, e aí está, bem perto, o abismo infinito do passado e do futuro, onde tudo desaparece. Como, em meio a esse turbilhão, não seria louco quem se enche de orgulho, atormenta-se ou se queixa, como se alguma coisa pudesse perturbá-lo durante algum tempo ou mesmo por muito tempo?

Marco Aurélio, *Meditações*

Mas lembra-te também de que cada qual vive apenas o momento presente, e que esse momento dura apenas um instante; quanto ao restante, já foi vivido ou é incerto. Pequeno é pois o tempo que cada qual vive; pequeno é o canto de mundo em que vive, e pequena também – mesmo a mais duradoura – é a glória póstuma.

Marco Aurélio, *Meditações*

Nunca nos apegamos ao tempo presente. Antecipamos o futuro por lento demais para chegar, como para apressarmos seu curso; ou recordamos o passado para detê-lo por demasiado rápido – tão imprudentes que vagamos em tempos que não são nossos e não pensamos no único que nos pertence, e tão vãos que pensamos nos que nada são e deixamos escapar sem reflexão o único que subsiste. É que em geral o presente nos machuca. Escondemo-lo de nossos olhos porque nos aflige e, se nos é agradável, lamentamos vê-lo fugir. Empenhamo-nos em sustentá-lo com o futuro e pensamos em dispor as coisas que não estão em nosso poder para um tempo ao qual não temos a menor certeza de chegar.

Cada qual examine seus próprios pensamentos. Há de encontrá-los totalmente ocupados com o passado ou com o futuro. Quase não pensamos no presente, e se pensamos é apenas a fim de buscar nele luzes para preparar o futuro. O presente nunca é nosso fim. O passado e o presente são nossos meios; apenas o futuro é nosso fim. Assim, nunca vivemos, só ficamos à espera de viver; e nos preparando sempre para ser felizes, é inevitável que jamais o sejamos.

Blaise Pascal, *Pensamentos*

. Notas biográficas .

Aristóteles

Filósofo grego, nascido em 384 a. C. Foi discípulo de Platão e preceptor de Alexandre o Grande. Sua filosofia baseia-se no racionalismo e no empirismo. A ele devem-se obras como *Ética a Nicômaco, História dos animais, Física.* Morreu em 322 a. C., na ilha de Eubéia.

Chamfort

Sébastien Roch Nicolas, conhecido como Chamfort, nasceu em 1740, perto de Clermont-Ferrand. Moralista de espírito cáustico e com tendência para ridicularizar, era ao mesmo tempo mundano e misantropo. Nas *Máximas,* obra de admirável atualidade, dá livre curso à sua pena afiada e ao gosto pelas fórmulas. Entusiasta da Revolução mas hostil ao Terror, foi preso várias vezes; suicidou-se em 1794 em Paris.

Confúcio

Nascido na China por volta de 555 a. C., foi profundamente influenciado pela civilização chinesa. Seus ensinamentos filosóficos fundamentam-se na moral, no respeito aos costumes e na necessidade de virtude e moderação; foram transcritos por seus discípulos nos *Analectos.*

Cristina da Suécia

A Grande Cristina, filha do rei Gustavo II da Suécia, nasceu em 1626. Seu pai preparou-a para reinar dando-lhe uma educação rigorosa e viril. Cansada do poder, após seis anos de reinado ela abdicou e converteu-se ao cristianismo. Para escrever suas *Máximas* inspirou-se na obra de La Rochefoucauld, de quem era ardorosa admiradora.

Epicteto

Nasceu en 50 d. C. na Ásia Menor e foi levado para Roma como escravo. Adepto da filosofia estóica, conta-se a seu respeito esta anedota célebre: teria dito a seu amo, que lhe estava torcendo a perna com um aparelho de tortura: "Assim vais acabar quebrando-a"; e quando sua previsão se realizou, teria acrescentado simplesmente: "Eu não te disse?" Depois de liberto, viveu na pobreza. Seus ensinamentos foram compilados e publicados por um discípulo no *Manual* e nos *Discursos.* Morreu por volta de 125 ou 130 d. C.

Epicuro

Filósofo grego fundador do epicurismo, nasceu em 341 a. C. Em 306 funda a escola do Jardim, onde ensina sua filosofia, cujo fundamento é a noção do prazer, e um modo de vida baseado na frugalidade e na amizade. Quase toda sua obra desapareceu; dela restam hoje apenas três cartas: *Carta a Heródoto, Carta a Meneceu, Carta a Fítocles*. Morreu com 70 anos, em 270 a. C.

Esopo

Fabulista grego, nascido por volta do século VI a. C., Esopo teve uma vida legendária e misteriosa. Acredita-se que foi escravo liberto; que viajou para o Oriente Próximo e depois para Atenas, Corinto e Delfos; que foi assassinado. Suas fábulas populares foram retomadas pelas literaturas européia e árabe. Trata-se de historietas em que atuam animais ou pessoas e que se encerram com uma moral. La Fontaine inspirou-se nelas para redigir suas próprias fábulas.

Gracián

Baltasar Gracián y Morales, nascido em 1601 na Espanha, foi um moralista jesuíta; ensinava as Santas Escrituras em colégios. Redigiu *A arte da prudência*, uma coletânea de máximas e reflexões morais e psicológicas em que demonstra grande sabedoria e uma profunda e aguda compreensão do ser humano. Morreu em 1658.

Hesíodo

Ver página 86.

Khalil Gibran

Poeta e pintor, nasceu no Líbano em 1883; estudou em Paris e depois em Boston. Começou a divulgar seus poemas em 1904, num jornal árabe publicado em Nova York, onde vivia. Seu importante trabalho como pintor é complementado pela redação de livros em que transparece uma filosofia profunda e simples; os mais célebres são: *O louco, O profeta, O jardim do profeta*. Morreu em 1931.

La Bruyère

Jean de La Bruyère, nascido em Paris em 1645, era advogado. Graças a Bossuet, torna-se preceptor do neto do príncipe de Condé. A convivência com a aristocracia oferece-lhe um campo de observação e amplo material para escrever os célebres *Caracteres*, em que dá livre curso às suas observações incisivas e a um estilo muito realista. Em 1693 foi eleito para a Academia Francesa. Morreu em 1696.

Lao-tsé

Filósofo chinês nascido por volta de 570 a. C., é um dos pais do taoísmo, segundo o qual o homem não deve interferir no curso natural das coisas, adotando uma postura de aceitação; trata-se de encontrar "o caminho" que leva à virtude e à felicidade. Pouco se sabe sobre a vida de Lao-tse; sua única obra é o *Tao Te Ching*. Morreu por volta de 490 a. C.

La Rochefoucauld

François de La Rochefoucauld, escrivão e moralista, nasceu em 1613. Por haver conspirado contra Richelieu, ficou preso na Bastilha; depois foi exilado para suas terras no Poitou. Reabilitado, freqüenta a corte; por volta de 1658 começa a redigir suas *Máximas*, em que demonstra um temperamento pessimista e denuncia o egoísmo que orienta os sentimentos e as relações sociais. Trabalha nelas até morrer, em 1680.

Madame du Châtelet

A marquesa Émilie du Châtelet nasceu em Paris em 1706. Era uma mulher erudita e apaixonada pelas ciências. Foi amante de Voltaire, com quem manteve uma longa ligação sentimental e intelectual. Em seu livro, *Discurso sobre a felicidade*, apresenta os preceitos para uma vida feliz, inspirando-se na sua própria. Morreu em 1749.

Marceline Desbordes-Valmore

Nasceu em Douai em 1786; é sem dúvida uma das maiores poetisas do século XIX. Abandonou a carreira de atriz para dedicar-se à literatura, escrevendo contos infantis e poemas. Num estilo melancólico e refinado, revela seus sofrimentos e tristezas, além de uma grande veneração pelo amor. Publicou *Poesias* e *Poesias inéditas*. Morreu em 1859, tendo perdido quatro filhos.

Marco Aurélio

Imperador e filósofo estóico romano, nascido em 121 d. C. Foi adotado pelo imperador Antonino e sucedeu-o no trono; seu reinado foi perturbado por muitas guerras contra os partas e os germanos. Já no final da vida, redigiu as famosas *Meditações*, um dos grandes testemunhos do estoicismo na Antigüidade. Morreu em 180 d. C.

Montaigne

Ver página 124.

Nietzsche

Friedrich Nietzsche, filósofo alemão, recebeu uma educação luterana. Foi amigo de Wagner. Aos 20 anos, descobriu a filosofia e tornou-se professor na universidade de Basiléia. Suas obras são muitas e variadas: *A gaia ciência, Além do bem e do mal, Humano, demasiado humano, Assim falou Zaratustra* etc. Morreu em 1900, vitimado pela sífilis.

Omar Khayyam

Erudito e poeta persa, nascido por volta de 1050; é conhecido principalmente por seus textos científicos e poéticos. Redigiu tratados de álgebra e foi encarregado da reforma do calendário persa. Seus poemas, impregnados de epicurismo, de ceticismo e freqüentemente blasfematórios (pregam a embriaguez e o amor), circularam clandestinamente durante muito tempo e só alcançaram consagração no século XIX. Morreu em 1123.

Oscar Wilde

Escritor inglês, nascido em 1854. Desde a juventude, distingue-se pelos trajes e comportamentos extravagantes. Publica em revistas seus primeiros romances; e seus elogios da "arte pela arte" logo o tornam célebre em Londres, onde ele freqüenta os salões mundanos. É autor do célebre *O retrato de Dorian Gray*. Num processo de grande repercussão, é julgado por homossexualismo e condenado a trabalhos forçados. Morre em Paris, em 1900. Quatro anos depois são publicados os *Aforismos*, que refletem sua ironia e espirituosidade.

Rainer Maria Rilke

Poeta e escritor, nasceu em Praga em 1875 e passou grande parte da vida viajando e escrevendo. De 1903 a 1908, corresponde-se com um de seus admiradores, Franz Xavier Kappus, que lhe envia suas primeiras tentativas poéticas. O resultado dessa correspondência são as *Cartas a um jovem poeta*, que Kappus publica três anos após a morte de Rilke. Elas descrevem a necessidade de solidão do artista e constituem um guia espiritual de grande permanência. Rilke morreu na Suíça em 1926.

Schopenhauer

Filósofo alemão, nasceu em Dantzig em 1788. Vivendo como eremita, profundamente pessimista, ele ultrapassa a filosofia crítica de Kant e redige seus primeiros textos, nos quais critica a sociedade e prega o desenvolvimento da riqueza interior. *O mundo como vontade e como representação* é considerado sua obra principal. Morreu em 1860.

Sêneca

Ver página 46.

IMPRESSÃO E ACABAMENTO:
YANGRAF Fone/Fax:
6198.1788